Friedrich Kabermann

Letzter Vorhang

Über das Buch

Nachdem Aline Bußmann den Brief gelesen hatte, legte sie ihn beiseite. Er war vom 24. Oktober 1967 datiert und enthielt die Frage einer jungen Historikerin nach Lebenszeugnissen von Gorch Fock. Seit dessen 50. Todestag wurde Aline immer wieder mit derartigen Anliegen konfrontiert, als wäre sie Gorch Focks Nachlassverwalterin. Sie war als junges Mädchen mit dem Dichter befreundet gewesen, vier reiche Jahre, die zugleich auch Schatten über ihr Leben geworfen hatten.

Inzwischen ist ein halbes Jahr vergangen, und der Brief liegt noch immer unbeantwortet auf dem Schreibtisch. Aline Bußmann ist beinahe achtzig und blickt auf ein bewegtes Leben zurück. Lange war sie am Hamburger Ohnsorg-Theater die beliebteste Schauspielerin gewesen und als Grande Dame der hanseatischen Kulturszene eine Institution.

Begonnen hatte ihre Karriere vor fünfundfünfzig Jahren. In jener Zeit war sie auch Jan Kinau zum ersten Mal begegnet, alias Gorch Fock. Dessen Roman „Seefahrt ist not" war gerade erschienen und hatte seinen Verfasser über Nacht berühmt gemacht. Mit ihm konnte sie über ihre Träume sprechen, so über den wichtigsten vom „Jahrhundert der Frau". In den letzten Jahren hatte sie sich öfter gefragt, ob sie nicht Gorch Focks Briefe publizieren sollte. Die meisten davon waren Liebesbriefe – gehörten auch sie der Öffentlichkeit?

Aline Bußmann entschließt sich, der jungen Historikerin endlich zu antworten, und zwar so, dass sie nicht nur über Gorch Fock berichtet, sondern über ihr Leben insgesamt. Doch aus der Niederschrift wird unversehens ein „Nachruf für Jan", der Aline Bußmann überrascht. Sie steht am Ende ihres Lebens – reicht ihre Kraft für den Briefband noch aus? Gern hätte sie dem Freund das Kompliment zurückgegeben, das er ihr einst in seinem ersten Brief gemacht hatte: „Da steht ein Mensch".

Was aber ist ein Mensch? „Manche werden posthum geboren, andere sterben ihr Leben lang", so der Anfang des Berichts und, wie es scheint, auch der Schluss. Doch der Schein trügt. Hatte Aline Bußmann zunächst nur das eigene Ich im Blick gehabt, nimmt sie am Ende auch das Ganz Andere wahr, das sich ihr im Ringen um das Du erschließt – der letzte Vorhang wird transparent.

Friedrich Kabermann

Letzter Vorhang

Nachruf für Jan

Bibliografische Information der Deutschen Bibliothek:
Die Deutsche Bibliothek verzeichnet diese Publikation
in der Deutschen Natonalbibliografie;
detaillierte bibliografische Daten sind im Internet
über <http://dnb.ddb.de> abrufbar.

Umschlaggestaltung: WeKa
unter Verwendung eines Gemäldes von Günther Weber

Herstellung und Verlag:
BoD - Books on Demand, Norderstedt
2013 / 2021
ISBN 9783753482828

Für Renate H.

I.

Manche werden posthum geboren, andere sterben ihr Leben lang. Ich gehörte nicht zum Überfluss meiner Zeit, durch mich erschien kein neues Licht in der Welt. Im Grunde war ich ein unglücklicher Mensch, vielleicht deshalb, weil ich glaubte, dass sich das Leben im Tod verneint.

So existierte ich dreißig Jahre wie in mich selbst verpuppt, richtig zur Welt kam ich erst nach Ende des Kaiserreichs. Damals war meine Mutter schon lange tot, doch nahm ich es ihr noch immer übel, dass ich von ihr geboren worden war. Eigentlich wollte ich nicht da sein, mich interessierte das Welttheater nicht. Auch fühlte ich mich gespalten, mitunter doppelt oder halb, dann wieder gar nicht, als wäre meine Seele taub. War ich krank auf die Welt gekommen, vielleicht schizophren?

Schon mein Name machte mich unsicher, ich wusste nicht, welcher denn galt. Mein Vater nannte mich Eva, die Mutter Ariane, mir selbst sagte Aline am meisten zu. Der Grund war, dass ich niemanden kannte, der außer mir noch so hieß. Daher sollte Aline mein Künstlername sein, das beschloss ich als zehnjähriges Kind. Damals träumte ich davon, als Stern am Bühnenhimmel zu glänzen, mein Name sollte unsterblich sein.

Wenn ich sagte, dass ich mit dreißig erst geboren wurde, geht es nicht um das Dasein, sondern um das Bewusstsein, das Wissen um sich selbst. Fünfundzwanzig Jahre hatte ich nach mir gesucht und nichts Authentisches entdeckt. Wie sollte ich auch, da ich nicht wusste, wem die Suche denn galt? Natürlich mir, sagte ich mir, suchst du nicht dich? Aber das war das Problem: Ich wollte nicht Ich sein, ich wollte überhaupt nicht sein. Ich nahm es den Eltern übel, dass sie mich vergewaltigt, mich mit Gewalt auf die Welt gebracht hatten. Ich war sicher, dass sie bei der Zeugung nur an sich gedacht hatten. War überhaupt Liebe im Spiel gewesen oder wenigstens Lust? Wie dem auch sei, gefragt worden war ich nicht, ob ich die Bühne des Lebens betreten wollte. Lange war ich davon überzeugt, dass ich die Frage mit Nein beantwortet hätte: Nichtsein war besser als Sein.

In alldem war ich keine Ausnahme, das war mir klar. Niemand wurde vor seinem Leben gefragt, ob er es haben wollte – genau das fand ich unerhört! Die meisten wollten natürlich leben, wenn sie gemerkt hatten, dass sie lebten, nicht aber ich. Als mir zum ersten Mal bewusst wurde, dass ich atmete, hatte eben die Schule begonnen. Da zog ich mir die Bettdecke über den Kopf und hielt den Atem an, bis ich Sterne sah. Gleich platzt dir der Kopf, dachte ich erleichtert, und du bist tot, dann ist alles wieder wie vor der Geburt.

Aber er platzte nicht, ich musste leben und mich

damit abfinden, irgendwann erwachsen zu sein. Von den dreißig Jahren bis zur eigentlichen Geburt war ich fünfundzwanzig Jahre auf der Suche nach mir. Das weiß ich deshalb so genau, weil kurz nach meinem fünften Geburtstag der Vater starb und damit die Suche nach mir begann. Der Vater war tot und blieb tot – das war ein Ereignis, das ich nicht verstand. Bis dahin hatte ich wie ein Schmetterling gelebt, ich taumelte lichttrunken durch den Tag. Und das hatte am Vater gelegen, er war das Leben, er war Sicherheit und Halt. Auch kam er mir ungeheuer groß vor in der dunkelblauen Marineuniform.

Die Mutter kannte ich nur kränkelnd, blass schlich sie durch den halbdunklen Flur, der mit dicken Teppichen ausgelegt war. In der staubigen Luft versickerte das Tageslicht, und die Geräusche des Alltags erstarben im verblichenen Plüsch. Oft nahm ich die Mutter nur als Schemen wahr, sie wandelte als weißer Schatten durch den Tag. Manchmal saß sie Stunden am Fenster des Salons und starrte in die fahle Dämmerung. Nie sah ich sie arbeiten, die häuslichen Pflichten erledigte das Personal.

Dass ich nicht Ich sagen wollte, lag am Vater, nicht an ihr. Der Vater war mehr als ich, als jedes Ich, er war das Du, das Er, Sie, Es, das Wir. Er trug mich auf dem Arm durch die Wohnung, durch den Garten, dabei sang er leise vor sich hin – das ist die erste glückliche Erinnerung. Ich sehe uns Vorhänge von lichtem Grün durchschreiten, Wogen von Fliederduft kommen auf uns zu, Goldregen tropft durchs dunkle Geäst; im Hintergrund schäumen Azaleen auf. Ich fühle mich sicher in seinem Arm, an der Backe kitzelt der Schnurrbart, den er wie der junge Kaiser trägt. Der Vater ist sehr nah, ich höre ihn atmen, was er sieht, sehe auch ich, wenngleich der Sinn ein anderer ist. In der Erinnerung gleicht das, was ich sehe, dem Blick durch ein Kaleidoskop. Die Einzelheiten ändern sich, nichts bleibt wie es ist, bei jeder Drehung ergibt sich ein anderes Bild. Aus dieser Zeit rührt das Gefühl, dass Farben schwindlig machen können vor Glück.

So geht es mir inzwischen mit dem Rückblick überhaupt. Der Zusammenhang ist nicht vorgegeben, im Grunde stiftet er sich erst jetzt. Der lange Blick der späten Jahre verjüngt sich in der gedehnten Zeit. Noch nach fünfundsiebzig Jahren spüre ich die Wärme des Vaters und mit ihr die Sicherheit einer durch ihn erschlossenen Welt. Wenn ich müde war, neigte ich mich zur Seite und ruhte wie versunken an seinem Hals. Auch zwischen Schlafen und Wachen verließ mich das Gefühl der Sicherheit nicht. Vom Getragenwerden, vom Abgrund unter mir, nahm ich nichts wahr, Höhen und Tiefen waren einerlei. Der Vater trug mich, ich war geborgen, die Gefahren, das Böse waren durch ihn gebannt. Die Zeit konnte an sich halten mit ihrem Kommen und Gehen, sie erscheint mir heute wie ein einziger Augenblick. Damals muss ich glücklich gewesen sein, ich brauchte mich nicht zu suchen. Der Vater war da und ich war da – noch hatte ich nichts verloren in der Welt.

Ich will nicht verheimlichen, dass trotz alledem eines der frühsten Erlebnisse von Angst begleitet war. Ich ritt auf den Schultern des Vaters, da hob er mich über den Kopf und setzte mich auf dem Kleiderschrank ab. Zum ersten Mal stand er unter mir, ich blickte auf ihn herab. Ich sah seine Hände, die Arme waren geöffnet, er rief mir zu: *Komm, Evchen, komm!* Ich zögerte und wollte weinen, aus der Höhe drohte die Tiefe als schwarzer Abgrund herauf; er schien bodenlos zu sein. Aber da war der Vater, die Stimme, sein Ruf – ich schloss die Augen und ließ mich fallen, ich stürzte in die Tiefe, ein endloser Augenblick.

Aber dann spürte ich seine Hände, ein sicherer Griff fing mich auf. Der Bann war gebrochen, von nun an ließ ich mich lachend fallen, die Tiefe hatte ihre Schrecken eingebüßt. Auch später war mir in abgründigen Zeiten, wenn ich vor Schwindel die Augen schloss, als ob mir der Vater unter die Arme griff. Aber da kam kein Jubel mehr auf, der Vater war tot und mit ihm das Ordnungsgefüge der alten Zeit. Die neue Welt hatten wir Jungen zu verantworten, und da war kein Halt, kein Halten mehr.

Doch ich will noch bei der Zeit der Morgenröte verweilen, in der mir die Welt jung und voller Hoffnung erschien. Mir ist, als wäre der Vater immer um mich gewesen, obwohl er als Marineoffizier oft nach Kiel oder Wilhelmshaven fuhr, manchmal auch zum Stab nach Berlin. Das zeigt, wie gegenwärtig er selbst in der Abwesenheit war, meine Welt hatte sich aufgeladen mit seiner Präsenz. Manchmal hob er mich am Abend noch einmal aus dem Bett und raunte mir zu: *Komm, Evchen, komm!* Dann ging er mit mir zum Balkon und zeigte auf den Mond, der voll oder halb, mitunter als Sichel zwischen den Pappeln stand. Die Erde war tief, wie ohne Grund, und der Himmel unendlich weit. Doch die Tiefen und Weiten ängstigten mich nicht, der Vater war da, er trug mich ins Bett und deckte mich zu. So schlief ich ein mit dem sicheren Gefühl, dass es nichts zwischen Himmel und Erde gab, das sich der Macht des Vaters entzog.

Nahm er mich mit auf einen Gang in die Stadt, trug er die kaiserliche Uniform – für mich war er der Kaiser selbst. Er wurde von den Passanten mit Achtung gegrüßt, so dass ich glaubte, er verfüge über große Macht. Sagte ich des Abends das Nachtgebet auf, nahm er sich im Dämmern wie übermenschlich aus. Die Konturen verschwammen, Wände und Decke taten sich auf, der Vater stieß mit dem Kopf ans Himmelszelt. In solchen Augenblicken war ich überzeugt, dass der Vater Gott-Vater war, jener Vater-Gott, zu dem ich betete: der liebe Gott selbst.

An den Bruder habe ich zunächst keine Erinnerung, er war auf einmal da und nahm die Mutter in Beschlag. Erst später prägte er sich genauer ein, er war ein Mutter-Sohn, so wie ich ganz Vaters Tochter war. Sicherlich bildete ich mir ein, dass sich alles nur um ihn drehte, dass er der Mittelpunkt der Familie sei. Vater, Mutter, Sohn – war so nicht die Heilige Familie komplett? Offenbar störte die Tochter, im Heilsplan der Schöpfung war sie nicht vorgesehen. Später fragte ich mich erstaunt, warum es ein Gleichnis vom verlorenen Sohn, nicht aber von der verfehlten Tochter gab? Mir war, als fehlte ich weder der Familie noch der Welt, ich gehörte nicht dazu oder wollte ich nicht dazugehören? Wenn ich mich im Spiegel sah, bewunderte und bemitleidete ich mich, oft beides zugleich. Ich war mir fremd und fand mich dennoch schön, eine abgründige Schönheit, fremd und geheimnisvoll.

An diesen Bemerkungen wird deutlich, dass ich von *ihm* nur reden kann, wenn mir das Sprechen über mich selber gelingt. Wie soll aber die beinahe Achtzigjährige das Kind, die Halbwüchsige, die Frau in sich entdecken, wenn schon die Zehnjährige vergeblich nach sich Ausschau hielt? Der Traumspiegel des Lebens zerbrach, was blieb, waren Scherben, die scharfen Splitter drangen tief unter die Haut. Es sind die Bruchkanten, die schmerzen, die Zusammenhanglosigkeit der Details. Oft scheint mir, als kehrte das, was man geliebt hat, nur noch als Karikatur zurück. Das liegt am Zeitgeist mit seinen Interessen, es ist, als rächte er sich, wenn man ihm nicht verfällt. Vielleicht war das Jans stärkster Charakterzug: Er litt unter dem Zeitgeist, versteckte sich aber nicht, sondern zeigte Flagge und – lachte ihm ins Gesicht.

Sie sehen, Frau Döring, es geht nicht nur um Erinnerungen, es geht auch um die Bedingungen, unter denen sie möglich sind. Meist ist uns das eigene Leben am wenigsten deutlich, wir geben es nur nicht zu. Sollte nicht am Ende unserer Tage zumindest die eigene Biografie durchsichtig sein? Erst wenn ich mir selber verständlich bin, kann ich auch Auskunft über andere erteilen. Das ist der Grund, warum ich erst heute schreibe, abgesehen davon, dass ich den Winter über krank und keines Gedankens fähig war.

Doch die Wartezeit war nicht umsonst, in ihr reifte der Entschluss, die Briefe, die Sie erwähnen, selber noch herauszugeben – die Briefe von ihm, nicht die von mir. Durch ihn habe ich überhaupt erst erfahren, dass nur Ich sagen kann, wem das Du begegnet ist. Deshalb war sein Tod ein Unglück, bis zum dreißigsten Lebensjahr war ich wie gelähmt. Der Vater war kein Du, er war das Wir, ein übermächtiger Pluralis Majestatis, der selbst dann noch wirkte, wenn er abwesend war. Eine der Uniformen hing immer in der Garderobe, an ihr musste ich vorbei, wenn ich die Wohnung betrat. Sie repräsentierte eine uniforme Lebenshaltung, eine gleichförmige Ordnung, die keine Unklarheit zuließ. Wenn ich an ihr vorüber ging, schaute ich scheu empor, selbst als bloße Hülle hatte sie noch Autorität. Sie vertrat den Vater, der Vater den Kaiser und der Kaiser vertrat wiederum Gott – eine Dreieinigkeit, deren Bann bis in den Krieg und darüber hinaus ungebrochen blieb.

Die Mutter hatte eine eigene Aura, die der Leidenden, der Passion, die für jeden Gesunden ein Vorwurf war. Eine Weile ahmte ich ihre Leidenshaltung nach, bis ich spürte, dass ich davon Kopfschmerzen bekam; so ernst hatte ich es auch wieder nicht gemeint. Als der Vater starb, hatte die Uniform ausgedient, hing aber trotzdem noch Jahre im halbdunklen Flur, so als hätte sich der Tod geirrt. Der Vater ohne Stiefel, ohne Kopf, ohne Gesicht – scheu drückte ich mich an der Garderobe vorbei. Nun waren die Mutter, der Bruder und ich allein, stille Hamburger Jahre hinter schweren Gardinen, Licht und Laute drangen nur gedämpft von draußen herein. Die tiefen Teppiche sogen den Trittschall auf, vom Kaminsims klang Großmutters Standuhr durch den Tag. Ich liebte sie schon deshalb, weil sie mehr Zeit zu haben schien als andere Uhren, mit ihrem silbernen, leicht zögerlichen Stundenschlag.

Eigentlich zählte Mama als Familienmitglied nicht, sie hustete viel und war ständig krank, ich musste sie pflegen, obwohl ich selbst pflegebedürftig war. Damit meine ich die Seele, die ich mir wie Chlothilde, meine Lieblingspuppe dachte. Noch mit vierzehn trug ich sie mit mir herum, wenn ich allein zu Hause war. Zugleich wurde mir in jener Zeit klar, dass die Klosterschule, die ich besuchte, ein Martyrium war. Alles war dort aus grauem Stein, dazu kalt, es zog in den Fluren, als herrschte Gegenwind. Ich ging vornüber geneigt, mit hochgezogenen Schultern, vielleicht weil ich fürchtete, dass ich den Kopf verlor. Mehr aber noch bangte ich um meine frierende Seele, ich sah sie schon versteinern wie eine marmorne Skulptur.

War es mir in der Schule zu still, plagte mich in der Stadt der Verkehr, die Menschen, der Staub, der gesamte hektische Betrieb. Es waren die Jahre des U-Bahn-Baus, nach Berlin ging auch die Hansestadt unter Tage, die City glich einem riesigen Maulwurfbau. Das sorgte für endlosen Streit unter den Bürgern, auch ich hatte die alten Pferdebusse geliebt. Die Stadt war voller Lärm, auch der Hafen war laut, die Zukunft würde noch lauter sein. Sie lag auf dem Wasser, so hörte man künden, lärmend baute Blohm & Voss an ihrem eisernen Gewand. Glich Berlin einer Kaserne, deren Casino-Ton das Kommando gab, sah sich Hamburg als deutsches London, als das Symbol der neuen Zeit. Banken und Versicherungen, Handel und Verkehr – hier wurde das Geld für die eiserne Zukunft verdient. Wussten Sie, verehrte Frau Döring, dass die HAPAG damals die größte Reederei auf der Welt war?

In diesen Wirbeln der Zeit kamen wir Kinder uns von Gott und der Welt verlassen vor. Erst ging der Vater, dann die Mutter, wir waren Waisen, der Bruder und ich. Vor allem waren wir Kinder – meine Kindheit dauerte zwanzig Jahre, weit über die Zeit hinaus, mit der das Gesetz mich mündig sprach. Das hat Gründe, die ich kaum zu erklären vermag. Immerhin erinnere ich mich, dass ich mit elf Jahren in einem Krippenspiel die heilige Maria darstellen sollte. Ich weigerte mich, weil ich nicht wusste, was unter dem Wort darstellen zu verstehen war. Zwar brannte ich darauf, die Mutter des Erlösers zu sein, sie aber darzustellen, kam mir wie ein Frevel vor; von der Kunst der Darstellung hatte ich keinen Begriff. Da die Lehrerin eine geduldige Pädagogin war, überzeugte sie mich, nicht Maria zu spielen, sondern mich selbst. So blieb jeder der, der er war, Dasein und Spiel waren eins.

Ich übte zu Hause im Badezimmer vor dem Spiegel und hüllte mich in ein Betttuch ein; nicht ich war Maria, Maria war ich. Sie füllte mich aus, ich war ihr Gefäß, eine Vase, die eine kostbare Lilie barg. Wenn ich Ich sagte, meinte ich sie, die als Geschenk gekommen und mit mir zu einer Einheit geworden war. Wie erschrak ich aber Jahre später, als ich mich in einem Bildband der *Worpsweder Schule* wiederfand! Es muss vor Beginn des Krieges gewesen sein, in der Zeit des Schauspielunterrichts, das Buch hatte schlechte Farben und noch schlechteres Papier. Es glich mehr einer Fremdenverkehrsbroschüre, als einer Zeitschrift über seriöse Kunst. Ich fand mein Spiegelgesicht auf Seite dreizehn, mit niedergeschlagenen Augen und verhüllt in ein weißes Tuch, als wölbte sich ein gotischer Spitzbogen über der Stirn. Die Züge waren ebenmäßig, der Ausdruck verschlossen, ein versiegeltes Gesicht, das sprachlose Erinnerungen enthielt. Eva, flüsterte ich, Eva-Maria – was wusste die Malerin des Bildes von mir? Mir war, als wäre ich niemals Aline gewesen, sondern immer nur Maria – nicht die Mutter des Heilands, sondern die Jungfrau Maria, der durch den Engel die unbefleckte Empfängnis verkündet wird: *Und Maria behielt alle diese Worte und bewegte sie in ihrem Herzen.*

Was wusste die Malerin von mir? Paula Modersohn-Becker stand unter dem Bild, 1900, *Kinderkopf mit weißem Tuch.* Aber damals hieß sie noch nicht Modersohn, sondern nur Becker. Was wusste Paula Becker in Worpswede von der elfjährigen Aline Bußmann, die zu Weihnachten des selben Jahres in einer Hamburger Schule die Maria gab? Spielte sie nur die Gottesmutter oder war sie sie nicht selbst? Konnte nicht auch sie später unbefleckt schwanger werden, wenn sie stark genug

17

war und das Leben als Wunder erfuhr? Das alles klingt mystisch, mysteriös, vielleicht verrückt, doch steht dahinter die Frage: Was ist im technischen Zeitalter Kunst? Ein Gewerbe, ein Kunstgewerbe, Magie oder letzte Religion? Jedenfalls etwas Dämonisches, darin stimme ich dem Alten am Frauenplan zu. *Kinderkopf mit weißem Tuch* – was war Bild, was Abbild, was Licht, was Schein bei dieser ungleichzeitigen Gleichzeitigkeit?

Sie werden denken, ich schweifte ab, doch kann ich von *ihm* nur sprechen, wenn ich von mir zu reden versuche, das wurde mir immer mehr klar. Früh schon weigerte ich mich, Ich zu sein, niemand hatte mir erklärt, was das Wort eigentlich besagt. Dagegen wollte ich Jahre lang Maria sein, Paula Beckers Kind mit dem weißen Tuch. Und wenn die Schule beendet war? Ich konnte mir nicht vorstellen, eine Gouvernante zu werden oder als Lehrerin vor der Klasse zu stehen. Ich hatte zu Kindern nicht das geringste Verhältnis, war ich doch selber noch viel zu sehr Kind. Hinzu kam die Empfindung, in der Stadt verloren zu sein, ich war Teil einer großen Maschine, in der jeder nur Schraube oder Rädchen war. Alle hatten bestimmte Funktionen, jeder war beliebig auswechselbar. Das waren weniger Gedanken als Gefühle, sie lagen am Ende des Jahrhunderts in der Luft, jedenfalls bei denen, die jung waren und sich weigerten, bloß Opfer im Bauch des Leviathan zu sein.

Das galt auch für *ihn*, sein Tod war ein Unglück, bis zum dreißigsten Lebensjahr war ich wie gelähmt. Selbst als mich der andere, kalte Blick plötzlich traf, war es mit der Starrheit noch nicht vorbei. Damit hatte *er* allerdings nichts zu tun, er hatte einen warmen, oft strahlenden Blick. Er war ein Dichter, sein Leben war so dicht, dass es kaum möglich war, sich aus seinem Bannkreis zu befreien. Auch er empfand, dass das Leben zur Maschine wurde, ein sich selbst vervollkommnender Automat. Doch er suchte nicht nach Ausflüchten, sondern nahm lachend den Kampf mit dem Ungetüm auf. Das klingt wie aus der Nibelungen-Sage, wie der Kampf mit dem Drachen, den Siegfried, der Kriegsheld, bestand. Aber er war kein Siegfried, er war der Sohn eines Fischers, den Leviathan stellte er sich als Riesenhai vor. Er ließ sich von ihm verschlucken und sang wie der Prophet Jona im Bauche des Fischs.

Ich kann nicht sagen, dass ich das Kommende geahnt hätte, als mich dieser kalte blaue Blick auf einmal traf. Es war ein Jahr nach dem Krieg, im Herbst 1919, wir besuchten die Schwester meines Mannes, die in München zu Hause war. Überall konnte man die Spuren der Revolution erkennen, alle Welt war aufgewühlt, zugleich zu Tode erschöpft. Mord und Totschlag waren an der Tagesordnung, von Recht und Gesetz konnte keine Rede sein. Trotzdem wurden in der Universität Vorlesungen gehalten, die das, was geschehen war, aufklären sollten. Vielleicht bot das Orientierung im Chaos der Zeit. Die Namen der Gelehrten sind heute vergessen, bis auf den von Max Weber, der Soziologe war. Erinnere ich mich richtig, sprach er über die Gefahr des *Cäsarismus*, über Führung und Verführung in der modernen Massendemokratie.

Dem starren blauen Blick begegnete ich nach einem Vortrag über den Versailler Vertrag. Wer die Zeit nicht erlebt hat, ahnt nichts von der Scheinheiligkeit dieses Machwerks, das mich noch heute im Alter empört. Es trug, wie man weiß, zu Hitlers Selbstermächtigung bei und damit zum zweiten großen Krieg. Dass dieser Hitler mit mir derselbe Jahrgang war, hing mir zwei Drittel meines Lebens als Schatten an. Noch heute, mit beinahe achtzig Jahren, kommt es mir vor, als hätte ich etwas tun müssen an diesem zwielichtigen Novembertag, etwas, das der Geschichte eine andere Richtung gab. Aber was? Ihn umbringen zu einer Zeit, da er wie tausend andere Existenzen bloß ein entwurzelter Stadtstreicher war? Ich weiß, wie unsinnig das heute klingt, wo es Bibliotheken voller Literatur über ihn gibt. Jedes Detail wurde bis auf den Hosenknopf geklärt, nur das Phänomen selber, das geschichtliche Verhängnis, nicht.

Er stand vor dem Hörsaal wenige Meter von mir entfernt und sprach mit heiserer Stimme auf die Umstehenden ein – ein blasses Gesicht voll leerer Energie, wenn eine Entschlossenheit, die nicht weiß, was sie soll, so charakterisiert werden kann. Hin und wieder fiel eine Haarsträhne in die Stirn und wurde mit fahriger Bewegung zur Seite gewischt. Der blaue Blick war hart, von beschädigter Härte, wie aus Emaille, die durch Gewalt abgeplatzt ist. Er redete und redete, niemand anderes kam zu Wort, es war, als hätte er Angst aufzuhören mit seinem hasserfüllten Monolog. So redete er in jedem Zuhörer die innere Stimme tot – eine Halbwelt-, eine Nachtschatten-Existenz, wie es sie in allen Großstädten gab. Dass er zum Rattenfänger des Jahrhunderts wurde und nicht zuvor unterging, bleibt *das* Rätsel der Zeit. Er fand das Chaos, das er brauchte und das Chaos fand ihn; in Europa gingen die Lichter aus, Finsternis überfiel den Kontinent.

Seitdem sind beinahe fünfzig Jahre vergangen, den blauen Blick wurde ich nicht wieder los; später kam noch die Stimme hinzu. Mir war, als wäre ein Zeichen übersehen worden, ein Halteverbot, ein persönliches Signal. Hätte ich nicht alle Welt warnen müssen vor diesem harten, blauen Blick? Ja, er war hart, in Kälte gehärtet, jeder andere Blick prallte an ihm ab. Er wurde zurück- und abgestoßen, nicht erwidert, sondern fixiert und gebannt. Dieser Blick hatte nichts von der neuen Zeit wahr genommen, keine ihrer Hoffnungen und Träume, nicht eine einzige Illusion. Er war vollkommen verschlossen, in sich eingekerkert, als wäre er durch einen blinden Willen blockiert. Er nannte sich Künstler, doch war er ein Mann des Boulevard, in seinem Gesicht spiegelte sich die Straße, die trostlose Nacktheit nassen Asphalts. Warum reichte es nicht zum Dandy oder wenigstens zum Bohemien? Er war der Dämon der Geschichte, der Wagner auf die politische Ebene übertrug. Sah der sächsische Musiker in der Bühne seine Welt, so der Braunauer Politiker in der Welt eine Bühne. Im Grunde inszenierte sich Hitler immer selbst, sein Bühnenweihfestspiel war das Tausendjährige Reich.

Alles das wusste damals niemand, und ich, die so stark mit sich selbst beschäftigt war, erst recht nicht. Aber ich konnte Bilder im Gedächtnis behalten, so wie ich ein Gespür für Texte hatte, für das gesprochene Wort. Doch Ausbildung und kurze Lehrzeit genügten um zu erkennen, dass ich keine Pädagogin war. Weder liebten mich die Schülerinnen noch liebte ich sie, vom Alter, der Entwicklung waren wir uns zu nah, als dass wir voneinander hätten lernen können. Wurden Gedichte besprochen, bekam ich Magenschmerzen, mir dröhnte der Kopf; es war, als würden Blumenbeete asphaltiert. Liliencron, Dehmel, Hofmannsthal, Rilke – ich deklamierte die Gedichte zu Hause vor mich hin und stellte mir die Dichter als Zuhörer vor. Ich wollte sie bewegen, so wie ich von ihnen bewegt worden war. Meine Liebe galt nicht nur den Gedichten und Dichtern, ich liebte auch das Publikum. Irgendwann wurde ich als Rezitatorin entdeckt, die weiteren Einzelheiten weiß ich nicht mehr. Als sich der erste Erfolg einstellte, spürte ich etwas vollkommen Neues: Im Maße, wie das Publikum mich zu lieben begann, erwachte die Eigenliebe in mir. Zum ersten Mal in meinem Leben wurde ich mit mir selber warm.

Hatte ich mit fünf Jahren den Vater verloren, musste ich nach der Schule die kranke Mutter pflegen und trug sie trotz aller Fürsorge bald zu Grab. Ich bildete mir ein, dass die Eltern nicht gestorben, sondern auf der Bühne des Lebens in den Hintergrund getreten seien. So fühlte ich mich bei den Debüts nicht mehr mutterseelenallein, zumal ich nicht behaupten konnte, die Rolle meines Lebens gefunden zu haben, geschweige denn den dazu passenden Text. Auf den Souffleur wollte ich mich nicht

verlassen und habe es auch später nicht getan, gleichviel um welche Einflüsterungen es dem Zeitgeist jeweils
ging. Schließlich kam ich zu einem Entschluss, trat aus
der selbstverschuldeten Unmündigkeit aus und nahm
den lang ersehnten Schauspielunterricht. Ich erinnere
mich an das Gefühl, dass nicht ich, sondern die Bühne sprach, ich vernahm ihre Botschaft, ich selbst ent-
sprach ihr nur. Nun brauchte ich nicht mehr mein Ich
zu suchen, ich hatte an vielen anderen Ichs Teil, so wie
ich nicht nur für eine, sondern für viele Welten offen
war. Mein Lebensverständnis änderte sich von Grund
auf, die Sehnsucht nach der Herkunft kehrte sich in die
Hoffnung auf Zukunft um.

So trat ich mit zehnjähriger Verspätung aus dem alten
in das neue, in mein Säkulum ein. Vom *Jahrhundert des
Kindes* wollte ich nichts mehr hören – die gute Ellen
Key! Das Buch erschien 1902 und war lange Zeit Ta-
gesgespräch; auch im Seminar hatte man uns mit der
schwedischen Autorin geplagt. Für mich war das pä-
dagogischer Jugendstil, ich wollte vom Kindsein par-
tout nichts mehr hören, ich glaubte an Höheres, an das
Jahrhundert der Frau. Das Kind, davon war ich zutiefst
überzeugt, war ein Missverständnis, ein bloßes Wort.
Es verwies auf einen Zustand, der nur aus Übergängen
bestand, ohne besondere Qualität, ohne eigene Wirklichkeit. Doch diese Überzeugung entsprang meinem
Willen, nicht mehr Kind zu sein, sondern Frau, mit
einem spezifisch weiblichen Ich. Aber davon war ich
weit entfernt, als Frau war ich mir so suspekt wie als
Kind. War auch das *Jahrhundert der Frau* nur Illusion,

23

ein bloß zeitgemäßer Traum? Das frage ich mich noch heute, nie war die Verfallszeit von Träumen so kurz. Vor allem die Utopien wurden rasch zu Makulatur, als seien sie eine bloße Mode, mit der sich der Zeitgeist in seinem Lebensherbst schmückt.

Sie werden denken, so spricht eine Frau, die den eigenen Lebensherbst hinter sich hat. In der Tat, Lebenserfahrungen vererben sich nicht, sie müssen immer wieder erworben werden; jede Generation fängt damit von neuem an. Damals, mit zwanzig, fiel die fin de siècle-Stimmung von mir ab, und ich überließ mich ganz der neuen Zeit, den Wedekinds und Lagerlöfs, den Hauptmanns und den Manns, vor allem der modernen Lyrik, dieser so fragilen, experimentierfreudigen Poesie. Hinter allen aber stand die Leuchtkraft von Nietzsche, den ich schon deshalb liebte, weil es ihm um den Neuen Menschen ging. Auch schrieb er ein Deutsch wie kein anderer Philosoph, dazu Gedichte, die unvergessen sind. Für die ältere Generation war er ein rotes Tuch, doch die Großen meiner Zeit haben ihn alle verehrt.

So steht sie vor mir, die Aline von damals, so sehe ich sie über sechs Jahrzehnte hinweg: Ave Eva, Ariane, Aline – wer du auch bist, sei mir gegrüßt! Noch einmal stehen wir ungläubig vor einander, vor diesem Labyrinth, das wir doch selber sind. Du weißt nicht, was ein Kind ist, eine Kindheit war dir verwehrt, und auch jetzt bist du viel mehr Mädchen als eine junge Frau. Du weigerst dich, Ich zu sagen, vielleicht weil du ahnst, dass der Weg zum Ich über das Du führen muss. Aber wo ist dieses

Du in der riesigen Stadt, die zum Symbol des Jahrhunderts geworden ist?

Ja, so steht sie da vor ihrer Wohnung im Mühlenkamp 2, unweit der Stelle, wo der Osterbek-Kanal in die Alster fließt. Ein später Oktobertag, Blätter treiben durch die Luft, der Blick geht zur Brücke, wo der Alsterdampfer anlegt. Es ist der 24. Oktober 1912, ein besonderer, ein besonders aufregender Tag: Sie spielt in der *Doggerbank* die erste Hauptrolle ihres Lebens, das Stück eines jungen Autors, dessen Stern am Dichterhimmel zu leuchten beginnt.

Und da möchte ich sie für den Augenblick stehen lassen, auch wenn ihr kalt ist im böig nass sprühenden Wind. Noch hat sie Zeit, bis die Generalprobe beginnt, das Schillertheater liegt in Altona, unweit des Neuen Pferdemarkts. Aber wie den Abgrund überwinden, den die Dreiundzwanzigjährige von der Achtzigjährigen trennt? Das sind nicht Jahre, die bloß zählen, eine Weltepoche liegt dazwischen, ein Zeitalter, von dem schon der Alte in Weimar sagte: *Von hier und heute geht eine neue weltgeschichtliche Epoche an, und ihr könnt sagen, dass ihr dabei gewesen.* Das wurde erst richtig im Weltkrieg klar, ich meine den ersten, der zweite war eine Nachgeburt. Allerdings wäre ich lieber nicht dabei gewesen, gern hätte ich beim *Untergang des Abendlandes* gefehlt. Männer, heißt es, machen die Geschichte, doch macht auch die Geschichte so manchen Mann. Einen von ihnen habe ich geliebt.

Aber was untergeht, verschwindet nicht, es geht in größerer Einheit auf; das hatten schon die Preußen in

Deutschland erlebt. Die Zukunft hat keine Grenzen, die Grenzen haben keine Zukunft – nicht Völker mehr, auch nicht Nationen, längst ist die Menschheit das geschichtliche Subjekt. Kein Wunder, dass die Studenten unruhig werden, selbst in Deutschland regt sich die Kritik; den alten Seilschaften wird der Kampf angesagt. Ein später Frühling kündigt sich an, bald deckt ein Anemonenteppich den braunen Modergrund. Vielleicht fragen sich die Jungen von heute wie wir damals nach dem ersten Krieg: Was war der Sinn des großen Opfergangs? Für mich sind das Fragen der Enkelgeneration, zu der auch Sie, Frau Döring, gehören. Immerhin reichen Ihre Erinnerungen bis in die Nachkriegszeit zurück, das erleichtert erheblich die Verständigung. Auch zeigten mir die persönlichen Briefpassagen, dass hier nicht nur die Historikerin spricht, sondern eine Frau, die etwas weiß vom unbegreiflichen Geschick, in das wir alle eingespannt sind.

Wir denken zumeist, die Geschichte schreite fort, vom Guten zum Besseren, zuletzt erlöse sie sich selbst. Aber das sind Illusionen, ohne die Leben nicht möglich ist, Fort- und Rückschritt heben sich gegenseitig auf. Wie viel Neuland wurde in den letzten zweihundert Jahren gewonnen, wie viel Wertvolles in derselben Zeit verspielt! Da macht jeder eine eigene Rechnung auf – summieren sich am Ende die Gewinne zum Gesamtverlust? Mit der Dampfmaschine begann die wirkliche Weltrevolution, in ihrem Kielwasser folgten dann Politik und Ökonomie. Wie man liest, bereiten die Amerikaner eine Mondlandung vor, doch wozu? Was werden sie finden außer Mondgestein? Aber was verlieren wir nicht alles mit diesem Gewinn! *Füllest wieder Busch und Tal / still mit Nebelglanz …* Ich weiß nicht, wie es Ihnen ergangen ist, ich habe durch den Vater noch jenen Mond kennen gelernt, der umgekehrt zu den Menschen kam. Er besuchte die Kinder und hielt Wache an ihrem Bett – eine lichte Leiter fiel in die Träume, die Himmel und Erde verband.

Aber das sind Gedanken einer Frau, deren Leben hinter ihr liegt und die sich entschuldigen muss, dass sie Ihr freundliches Schreiben so lange liegen ließ. Ich fand es zu Hause Ende November vor, nachdem ich aus dem Tessin zurückgekehrt war. Als ich es gelesen hatte, legte ich es beiseite, wenig später wurde ich für etliche Wochen krank. Auch wusste ich nicht, ob ich den Brief beantworten sollte, Sie sind nicht die Erste, die etwas über den Jugendfreund erfahren will. Die letzten Anfragen kamen vor zwei Jahren, als es um den 50. Todestag ging. Aber da schrieben mir Journalisten, die Gorch Fock ideologisch ausbeuten wollten, deshalb beantwortete ich die Schreiben nicht. Johannes ein Kriegsheld? Dass ich nicht lache – dazu wurde er von den Nachlebenden erst gemacht! Es wird lange dauern, bis die Schatten der Vergangenheit überwunden sind, jeder weiß ja, wie schwer es ist, wenn nur der eigene übersprungen werden soll.

Bei Ihnen fehlte der Ton des Staatsanwalts, ich entnahm Ihrem Brief, dass es wirklich um Jan Kinau ging. Johannes, genannt Jan, war der älteste Sohn des Elbfischers Heinrich Kinau, auch der Großvater hieß Johannes, seine Frau war eine geborene Fock. Vielleicht sollte das Pseudonym Gorch Fock an die Großmutter erinnern, doch kann ich dazu nichts sagen, da Jan nie über sie sprach. Johann Kinau war der Mann, den ich geliebt habe, Gorch Fock der Dichter, die Idee, die er von sich entwarf. An ihrer Verwirklichung hat er ständig gearbeitet, als könne so der alte Adam durch den neuen ersetzt werden, der für ihn ein Künstler war. Darüber sprachen wir oft, weil ich, anders als er, keine Idee von mir hatte und nicht einmal wusste, wie man zu sich selber Ich sagen kann. Sein Roman *Seefahrt ist not* war damals gerade erschienen, ich erlebte mit, wie Jan über Nacht berühmt wurde, erst im Norden, dann im gesamten Land.

Im Grunde kannte ich nur Johann Kinau, den Mann, der in der sinnlosesten Schlacht des Krieges sein Leben verlor. Wer dagegen Gorch Fock war, der leben wird, so lange es Dichter gibt, kann ich nicht sagen, ich weiß es nicht. Trotzdem habe ich etliche Bücher von ihm publiziert, allerdings im Einklang mit Rosa, der Ehefrau. Sie traute mir mehr als Rudolf und Jakob, den beiden jüngeren Brüdern von Jan. Jakob starb vor zwei oder drei Jahren, Rudolf ist gleichaltrig mit mir und müsste noch am Leben sein. Auch er dürfte mit dem Braunauer den Jahrgang teilen, doch ohne dass er sich stigmatisiert fühlte, wie es mir ein Leben lang ging.

Bei diesem Zufall der Geburt ereifere ich mich immer wieder, dann ist mir, als bliese ein Dämon in meine verlöschende Lebensglut. Gorch Fock musste auf der Höhe des Daseins sterben, während der Wiener Stadtstreicher weiter lebte mit seinem emailleharten Blick. War der österreichische Gefreite ein Mann der Finsternis, so der Hamburger Dichter ein Sohn des Lichts. Ich glaube, er lachte noch mitten in der Schlacht, denn er wusste, dass die Fröhlichkeit der beste Teil von ihm war. Sie war auch das Einzige, das mich über Wasser hielt, als mein Bruder im Osten fiel und ich gänzlich verwaist war in der mörderischen Welt. Wie bemühte sich Jan, mich über den Verlust zu trösten, obwohl er wusste, dass mir mit Worten nicht zu helfen war.

Kurz vor dem Abmarsch nach Russland kam eine Postkarte von ihm, die von zwei *sonnenerfüllten Menschen* sprach. Das war ein Licht in der Finsternis, ein Gruß, der schmerzlich eindrang bis unter die Haut. Denn die Karte war auch von Rosa unterschrieben, die die zweite der beiden Sonnenerfüllten war. Da wurde mir klar, was ich lange nicht hatte wahrhaben wollen: Rosa war Jans Frau und die Mutter seiner Kinder, ich nur die Muse, die Adressatin seiner Schwärmerei. Das verhielt sich zueinander wie Wahrheit und Dichtung, hier war das Leben, dort die Literatur.

Aber ich fühlte mich nicht bloß als Seele oder Muse, sondern als Frau; zumindest war ich auf dem Weg dorthin. Ich wollte nicht Dantes Beatrice sein, nicht Hölderlins Diotima oder Goethes schale Charlotte von Stein. Ich liebte nicht Gorch Fock, ein Pseudonym, eine bloße Idee, ich liebte den Menschen mit den zwei Seelen, der Seele des Mannes und der Seele der Frau. Jan war der Antipode zum Stadtstreicher mit dem Emailleblick, dieser verkörperten Rachsucht, die freilich in uns allen lebt. Ja, zwei Seelen hatte er in seiner Brust, die des Fi-

29

schers, der Jan Kinau hieß und die des Dichters, die sich in Gorch Fock verbarg.

Alles dies weiß die junge Aline noch nicht, doch spürt sie wie ein Seismograph das Beben voraus, das die alte Welt zum Einsturz bringen wird. In den Zeitungen hat sie von Sigmund Freud gelesen, seine Theorien erscheinen vielen als Evangelium, anderen als bloßer Notausgang. Doch sie glaubt nicht an die Seele dieses Wiener Professors, sie hält sie für eine männliche Projektion. Wie andere ist auch sie der Ansicht, dass hinter ihr Freuds Übervater Moses steht, der, wenn er vom Gesetz Gottes spricht, immer sich selber meint. Sie hat auch von Carl Gustav Jung gehört, der sich von Freuds Ego gelöst und zum kollektiven Wir durchgefragt hat. Das imponiert ihr, diese Wende vom Ich zum Wir, vom Bewusstsein zum Sein, das keine Heimatlosigkeit kennt.

Sie stellt sich das Wir als großes Publikum vor, in dem jeder Schauspieler und Zuschauer in einem ist. Da gibt es keine Trennung, jeder ist Teil des großen Weltenspiels. Das Wir ist die Heimat allen Kommens und Gehens, so wie die Natur Leben und Tod umfasst. Es ist ein Traum, den sie träumt, den sie ein Leben lang nährt, er gehört zur Vision vom *Jahrhundert der Frau*. Einstweilen streifen sie diese Träume nur, so wie die Möwe im Sturzflug die Welle berührt. Doch der eine oder andere nistet sich ein, wird bebrütet, sogar flügge und fliegt voller Sehnsucht davon. Doch kehrt er nicht zurück, er wird nicht heimisch in dieser Welt, die mehr denn je Krieg gegen sich selber führt.

Heute aber, wo wir sie im Mühlenkamp stehen ließen, gibt sie ihren Gedanken bis auf Weiteres frei. Sie sollen Auslauf haben, die herbstliche Luft genießen und um fünfzehn Uhr im Theater sein, wo sie sie wieder einsammeln will. Sie beherrscht den Text der Frau, die sie spielt, dieser doppelt und dreifachen Frau, die wie ein Kätzchen schnurrt, wenn sie vom Schiffer gestreichelt und *Muschn* genannt wird. Aber sie ist auch eine Wildkatze, die ihre Krallen zeigt, ein Raubtier, das zerfleischt, was es liebt, weil es weder Ich noch Du zu sagen vermag. Hätte die Frau der *Doggerbank* einen Namen, lautete er Kriemhild, für die Liebe und Hass dasselbe sind.

Aline hat das Gefühl, dass das im Sinne des Dichters ist, dessen Name bis vor kurzem unbekannt war, nun aber immer öfter genannt wird. Als Anfängerin hat sie sich in die Vorstellung verliebt, dieser Gorch Fock habe das Stück nur für sie geschrieben. Mag er sein, wer er will, er ist der Dritte im Bund: Da ist das Theater und das Publikum, dazu die Bühne mit dem Ensemble, schließlich der Dichter, der sich durch sein Stück ausweist. Ihn, der die Frau besser kennt als diese sich selbst, sieht sie als Bindeglied zwischen dem Ich und dem Wir. Zwischen der Unmöglichkeit, Ich zu sagen und der Sehnsucht nach dem Wir, verkörpert er das Du, das Brücke und Übergang in einem ist.

Allerdings frage ich mich, ob das, was ich sagen will, nicht eine Unmöglichkeit ist. Über ein halbes Jahrhundert hinweg versetze ich mich in mich selbst, ohne zu berücksichtigen, dass das Ich, das ich suche, durch diese

31

Suche überhaupt erst entsteht. Es ist ja kein vorhandenes Ding, das man bei sich trägt, kein Ausweis, mit dem man die Zeitgrenze passiert. Während ich mich meiner Mädchenträume erinnere, schwingen über sechs Jahrzehnte mit. Was Zukunft war, ist lange vergangen, nur die Erinnerung beschwört noch ihre Gegenwart. Erinnerte Zukunft, die vergangen ist, in der Wiederkehr aber nicht vergeht, sondern bleibt – das erfordert eine changierende Sprache, die ich nicht kenne, weil ich mein Leben lang fremde Texte sprach. So ist am Ende des Lebens die Aufgabe geblieben, ich suche noch immer meinen Ausdruck, meinen Stil. Wenn ich Recht habe, sind Lebens- und Sprachraum dasselbe, beide formen das, was ich suche: die authentische Biografie.

Von alldem ahnt die Aline von damals nichts. Sie fühlt sich erwachsen, die Eva liegt hinter ihr, selbst der Name Ariane sagt ihr nicht mehr zu. Das waren die Rufnamen der toten Eltern, die ebenfalls nur noch Erinnerung sind. Sogar von Maria möchte sie nichts mehr wissen, sie will sich nun selber einen Namen machen – ist sie nicht eine begabte Schauspielerin? Das mögen Alines Gedanken sein, mit denen sie an diesem Oktobertag den Wind im Rücken hinunter zur Mühlenkamp-Brücke geht. Vielleicht kommt noch das Gefühl hinzu, an einem Wendepunkt zu stehen, an dem alles eine neue Richtung erhält. Sie beschleunigt den Schritt, das Alsterboot legt an, später am Jungfernstieg wird sie die Elektrische nehmen, falls die Zeit zum Laufen nicht reichen wird.

Sie hat sich im Boot einen geschützten Platz ausgesucht und in eines der neuen Evangelien vertieft, die von Hesse, Hamsun oder Tolstoi verfasst sind. Suchen nicht alle diese Propheten den Neuen Menschen, der Adam und Eva überwinden soll? Nicht gegeneinander, sondern mit- und füreinander emanzipieren sich Mann und Frau, davon ist die junge Aline überzeugt. Rotierte sonst nicht die Gesellschaft nur im Kreis, so wie im Weltall die Erde mitsamt der Natur? Das Lebenskarussell drehte sich bloß um sich selbst, die einen stiegen ein, die anderen aus, die meisten schauten zu, ein sinnlos verdrehtes Spiel.

Aber es sind nicht nur Allgemeinheiten, die Aline bedenkt, es sind Gedanken, die allein sie etwas angehen, diese Frau, die sie gleich spielen wird. Gibt es *die* Frau überhaupt, was hat sich der Dichter dabei gedacht? Ist die Frau ein Allgemeinwesen, ein Typus, ein – genereller Begriff? Sie ist selbst eine Frau, ein Mensch weiblichen Geschlechts, sie lebt hier und jetzt, gestern lebten andere, morgen ebenfalls. Was macht sie so einmalig? Etwa dies, dass sie Ich sagen kann? Wäre das Leben wirklich ein Karussell, kehrte alles immer wieder und es stimmte, was da steht, was da in ihrem Buch geschrieben steht: *Es kreist und dreht sich nur und hat kein Ziel …* Hat sie wirklich kein Ziel, diese Frau von der *Doggerbank*?

Ihr Blick kehrt von der Alster ins Boot zurück – Gestalten, Gesichter, Menschen … – *mit einem Dach und seinem Schatten / dreht sich eine kleine Weile der Bestand …* – jetzt ruht der Blick, kehrt zum Buch zurück … – *und dann und wann ein weißer Elefant …* – Wie liebt sie doch *Das Karussell*, auch der Gedichte anderer Teil, überhaupt den strengen, behutsamen Ton, der wirkt, als trüge der Dichter Sorge, dass die Form zerbräche und nur Scherben blieben von seiner poetischen Glasmalerei. Spricht der Dichter von seinem Ich? Keineswegs, er spricht vom Es. Es geht um das, was Sache ist, nicht ums Bewusstsein, sondern um das Sein. Lässt sich die Sachlichkeit auf die Bühne bringen? Mit Sache meint sie das Selbst, die Sache selbst, die sie wie der Dichter lieben will. Wenn sie aber nur Rollen spielt, was liebt sie dann, die Rolle, ihr Spiel, das Rollenspiel? Sie weiß es nicht, die Hilflosigkeit nimmt zu, das Boot gleitet über das spiegelnde Wasser hin. Häuser und Gärten, auch die Brückenbögen werden zerteilt, die Konturen verschwimmen und fließen ineinander, die Bewegung läuft unter der Oberfläche fort. Endlich kommt sie zur Ruhe, sie entzieht sich dem Wind, die Bilder verbergen sich im unberührten Grund.

Sie wendet sich ab und dem Buch wieder zu, sie sucht *Die Liebende*, das ist ihr Lieblingsgedicht. Sie liest und ruht sich in den Versen aus, genau das ist sie, der Dichter legt ihr die Liebende in den Mund. Ist sie nicht wirklich *rufend zugleich und bange / dass einer den Ruf vernimmt und zum Untergange / in einem anderen bestimmt*? Ja, das ist sie, ihre Sehnsucht, die sie kennt und zugleich flieht. Bevor sie sich aber in die Worte einhüllt und sich an ihnen zu wärmen versucht, steckt sie das Buch in die Tasche und überlegt, ob noch Zeit bleibt für das andere Werk, das sie mit den Gedichten nicht in Einklang bringen kann. Aber da legt das Boot an, Gedränge entsteht, die Verse gehen unter in der beengenden Mitmenschlichkeit. Langsam wird sie an Land geschoben, es ist schon spät und die Elektrische fort, aber das ist kein Verlust, die Lektüre hat sie gestärkt. Auch spürt sie den Gewinn an Raum und Zeit, als hätte sich die Welt ins Unermessliche ausgedehnt. Kann sie nicht warten, hat sie nicht Zeit? In der Tat, sie hat Zeit, sie ist keine Maschine, sie ist ein Mensch, der im selben Maß über Zeit verfügt, wie er sich seiner Zeitlichkeit fügt.

An beide Fahrten erinnere ich mich genau, an die über die Alster zum Jungfernstieg und die mit der Elektrischen nach Altona. Die Mühe liegt nicht in der Erinnerung, sie liegt in der Mitteilung, in der Möglichkeit des Wortes, die zur authentischen Sprachgestalt drängt. Dabei besteht die Gefahr, dass der Rückblickende von Dingen spricht, die er in der Jugend nicht wissen konnte, weil niemand die Zukunft kennt. Ich meine nicht das, was man Fakten nennt wie die Tatsache, dass ich neben Rilkes Gedichten den *Laurids Brigge* bei mir trug. Was ich meine, sind die Jahre, die erst gelebt werden müssen, bevor aus ihnen Erfahrung und Erinnerung wird. Der Biografie darf nicht jene Freiheit fehlen, die aus der noch nicht gelebten Zukunft stammt. Widersprach ich mir nicht selber, wenn ich nicht an die Frau der *Doggerbank* glaubte, wohl aber an das *Jahrhundert der Frau*, ein Abstraktum derselben Art? In der Tat war das ein Widerspruch, der mich Jahre beschäftigte, weil seine Lösung in der Zukunft lag.

Heute kann ich den Zeitpunkt der Lösung bestim-

35

men, weil er nicht vor, sondern hinter mir liegt. Es war der vierzigste Geburtstag, ich erhielt von meinem Mann die Briefe an einen jungen Dichter, die Rilke zu Beginn des Jahrhunderts schrieb. Dabei denke ich an jenes Schreiben vom Mai 1904, in dem der Dichter sagt, dass die Frauen nur *vorübergehend Nachahmer männlicher Unart seien*, dann käme der Homo Novus, der eigentlich weibliche Mensch. Zu meiner Zeit war die Stelle berühmt, heute ist sie vergessen oder nur Spezialisten bekannt. Jedenfalls habe ich den weiblichen Menschen nicht gefunden, wohl aber die dressierte Frau. Diese hat den eigenen Auftrag vergessen, da sie Ideologien rapportiert und dabei – Männchen macht.

Vieles hat seitdem die Zeit gelöscht, was unvergessen blieb, ist, dass ich an jenem Tag, da ich der ersten Hauptrolle entgegenfuhr, den *Malte* aus der Tasche zog und die Stelle über die Masken las, deren hintergründige Macht vor allem die Kinder bedroht. Als Waise wusste ich um die Gefahr der Einsamkeit, zumal mich nicht Gleichgültigkeit, sondern der Verlust der Eltern im Bann der Masken hielt. Da kehrte sich das Verhältnis um, ein abgründiges Wechselspiel: Die Masken wurden zu Dämonen, die Menschen verloren das Gesicht.

Ich besitze noch das Exemplar von damals, der Abschnitt ist durch ein Kreuz markiert. Was ich empfand, als ich die Stelle las, entzieht sich der Erinnerung. Auch vermied ich es später, sie erneut aufzuschlagen, erst im zweiten Krieg stieß ich wieder auf sie. Da war die Macht der Masken so groß geworden, dass das Entsetzen kein Ende nahm. Lange hatte ich das Gefühl, dass nicht wir

das Leben leben, sondern das Leben uns. Wie hätten
wir sonst im Banne des Wahnsinns das eigene Überleben erlebt?

II.

Als sie die Elektrische verließ, spürte sie, wie gut ihr die Bewegung tat. Zum Theater war es nicht weit, sie ließ sich treiben, ihr war, als zöge sie der untergründige Sog eines fernen Katarakts. Zugleich überkam sie im Strom der Passanten ein Gefühl der Leichtigkeit. Sie spürte, dass sie getragen wurde, als wäre sie vom eigenen Willen befreit. Am liebsten hätte sie ein Lied angestimmt – *Herr, es ist Zeit* – irgendein Lied, ein Gedicht, ein Einfall, der vom Wasser kam – *der Sommer war sehr groß* – Verse, die ihre Stimme annahmen – *und auf den Fluren lass die Winde los* ...

Ich sollte mich konzentrieren, dachte sie und lächelte bei der Vorstellung, sie könne ihre Gedanken, denen sie im Mühlenkamp frei gegeben hatte, wie Schulkinder antreten und in Zweierreihen in die Klasse marschieren lassen. Sie versuchte, an den Ewer zu denken, der bei der Doggerbank in schwere See geriet, an die Kajüte, in der die Frau ängstlich und doch voller Sehnsucht auf die Schritte des Schiffers wartete, Schritte, die nur ihr galten, ihr ganz allein. Schon auf der obersten Stufe wusste sie, dass das nicht der Junge war oder der Knecht. Der Tritt des Schiffers war klar, ohne Zögern, entschlossen, bestimmt. Jeder seiner Schritte gab Sicherheit, jeder engte aber auch ein. Sie konnte nicht sagen, was ihr lieber war, der starke Arm, der sie stützte oder der lange, der auf Abstand hielt. Am besten war beides oder je nach dem, sowohl sichere Freiheit wie freie Sicherheit.

Sie nickt, keine Frage, sie kann ihren Text, Lampenfieber kennt sie nicht, auf der Bühne beherrscht sie die Welt. Sie atmet auf, ihr Schritt beschleunigt sich, als sie den schmucklosen Theaterbau sieht; sie will die umlaufende Wetterstiege nehmen, die direkt zur Bühne führt. Das ist eine eiserne Wendeltreppe, die als Feuerleiter, als Notausgang angebracht worden ist. Da muss sie nicht am Pförtner vorbei, der wie ein Jongleur mit den Bällen gerne mit Anzüglichkeiten hantiert. Sie kann sicher sein, dass sie Zweideutiges hört, wenn sie grüßend an ihm vorüber geht, auch solches, das sie nicht versteht oder nicht verstehen will.

Heute duldet sie keine Zweideutigkeit um sich, sie braucht Eindeutigkeit, ein Arkanum, den heiligen Bezirk, in dem sie sich in die Frau der *Doggerbank* verwandeln kann. Schließlich wird sie sich hingeben, ihr Ich hergegeben, gehört es doch ganz jener Person, die sie in diesem Stück spielen soll. Der Person? Heißt personare nicht tönen, hindurchtönen? Das ist es, sie will eine tönende Maske sein, die zu Diensten steht, zu Diensten des Dichters, des Regisseurs, des Publikums. Die Bühne besteht nicht aus Brettern, die die Welt nur bedeuten, sie *sind* diese Welt, ihre Welt selbst. Sie steht auf dem Podium, oder ist es ein Podest, das sie wie ein Katheder, eine Kanzel vor den anderen erhöht? Jedenfalls richtet sie von hier aus das Wort an die Welt, kein bloß privates, sondern ein öffentliches, ein veröffentlichtes Wort.

Es ist ihre erste tragende Rolle, doch selber trägt sie den Kopf nicht zu hoch, nicht zu tief. Sie schlägt auch nicht die Augen nieder, wenn sie den Spielleiter und die Kollegen diskutieren sieht. Richard Ohnsorg klatscht in die Hände, er schaut auf die Uhr, die Bühne soll frei sein zum Probenbeginn. Vor allem müssen die Fremden verschwinden, auch jener Eckensteher im Schatten, der vom Eingang herüber blickt; meist handelt es sich um Feuilletonisten, die ständig auf Themensuche sind. Alles Plattdeutsche hat Hochkonjunktur, sie hat es erst gelernt, spricht es aber inzwischen so geläufig, dass Doktor Ohnsorg sie gelobt hat: *Platter geht es nicht mehr!*

Das macht sie sicher, als sie sich umgezogen hat und vor dem Spiegel steht. Der lange Rock aus dunklem Tuch reicht bis zum groben Schuhwerk hinunter, das an Bord des Ewers getragen wird. Sie streicht mit den Händen das Oberteil glatt, drückt die Brust heraus und kommt zu dem Schluss, dass sich ihre Figur durchaus sehen lassen kann. Genauso liebt er sie und liebt sie seine schweren Hände, die sie schon die Brüste umspannen fühlt, so dass jenes feine Vibrieren entsteht, das von den Haar- bis zu den Fußspitzen reicht. Sie dreht sich um, betritt die Bühne, sie tritt aus sich heraus und in das Geschehen des Stückes ein. Sie ist nun frei von ihrem Ich, schon Teil des Schauspiels, das beginnt, kaum weiß sie noch von jener Frau, die eben vor dem Spiegel stand.

Nun spürt sie die Veränderung, die sich im Raum vollzieht. Er schrumpft, die Wände rücken zusammen und treten mit Tisch, Bett und Lampe auf sie zu. Sie hört ein Brausen und Tosen, das Schlagen der Segel, wenn der Wind sich dreht und die Brecher über Deck stürzen lässt. Jetzt wird das Boot hoch gerissen und fällt in ein Wellental – ein Sturz, als würde es zertrümmert und müsste auf der Doggerbank zugrunde gehen. Nicht nur mit alle Mann, dem Schiffer, dem Jungen und dem Knecht, nein auch mit ihr, der Frau an Bord, die dem Schiffer gehört, die sein Eigentum ist. Sie hat diese Hörigkeit gewollt und bekämpft, ja auch sie würde untergehen mit ihrer Lust und ihrer Schuld. Sie liebt den Schiffer, zugleich hasst sie ihn wie sich selbst, wie diesen Zwiespalt, mit dem sie ihn empfängt und von sich stößt, als wünschte sie sich mit ihm den Tod. Aber ihn kümmert das nicht, ein Mann wie der Sturm, der die See bis auf den Grund aufwühlt: *Muschn, du bist ein Mordsweib!* ruft er und nimmt sie in den Arm; sie aber spürt keinen Unterschied mehr zwischen Liebe und Gewalt. Er ist rauh und schmeckt salzig nach See, nach dem Wind, die Wogen reißen sie hoch und begraben sie unter sich. Gegen die Elemente gibt es keinen Widerstand.

Sie liebt und hasst nicht nur, sie fürchtet ihn auch, vor allem die Selbstverständlichkeit, mit der er sie nimmt. Diese Sicherheit, die ihm voraus geht, verunsichert sie jedes Mal. Dann betritt er die Kajüte, federnd vor Energie, und sie weiß, dass sie gleich unterliegen wird, nicht nur ihm, auch sich selbst. Er schaut nicht, er visiert, er drückt ab und trifft, als Jäger und Gejagte sind sie untrennbar eins. Sie flieht und will eingeholt, will erlegt werden von ihm, sie will, dass er sie nicht nur nicht verfehlt, sondern mitten ins Schwarze trifft. Und er weiß um die Sehnsucht, er begreift ihren Zwiespalt, ja er begreift sie überall. Auch dieses Begreifen, seinen Griff, diesen Zugriff will sie spüren, sie fürchtet und sehnt immer neu die Sicherheit herbei, mit der jeder dieser Griffe von ihm sitzt. Er ist nicht gewaltsam, er ist gründlich und genau, er greift weder hastig noch aufgeregt nach ihr. Er ist geduldig und strahlt eine Ruhe aus, die sie vollkommen wehrlos macht. Sie weiß, dass später das Schuldgefühl kommt, dann möchte sie sich an allem und jedem rächen für ihre verhasste Hilflosigkeit.

Das war das Schreckliche, sie wollte, dass er sie besaß, sie war besessen davon, sein Besitz zu sein. Er nahm sie ohne Hast, mit unerbittlicher Geduld, und sie ergab sich seiner Zärtlichkeit, hinter der ein eiserner Wille stand. Ihr war, als nähme er sie wie eine Uhr auseinander, um zu ergründen, wie sie tickte, wie es mit ihrer Unruhe stand. Die Augen, die Hände, sein Mund nahmen Besitz von ihr, sie fühlte die Spuren noch lange danach, die sichtbaren und die unsichtbaren, die unter die Haut gingen, als hätte er seine Initialen in ihre Seele gebrannt.

Seit dem ersten Mal, da er sie entkleidet hatte, fühlte sie sich in seiner Gegenwart nackt, und noch Stunden später spürte sie die harten Hände, fühlte sie sich in seiner Hand. Manchmal waren ihre Scham und Hilflosigkeit so groß, dass sie am liebsten selber Hand an sich gelegt hätte; dann wollte sie nur noch raus aus ihrer Haut. Emancipare – sich von jener Hand befreien, die einst der Herr nach dem Kauf auf die Sklavin legte zum Zeichen, dass nur er und niemand sonst sie von nun an besaß. Sich von dieser Hand befreien und sei es mit Gewalt! Hatte er nicht gesagt, sie sei ein – Mordsweib? Das sollte nicht umsonst gewesen sein, da nahm sie ihn beim Wort! Nicht nur er oder ich, wenn nötig er und ich! Dann wäre sie von ihrer Ohnmacht und seiner Übermacht befreit; nie wieder würde sie von einem Manne übermannt.

Muschn, du bist ein Mordsweib! – ahnte er etwas von dem, was in ihr vorging? Vielleicht spürte er es im Lichtern ihrer Augen, wenn mit der Lust der Hass zum Vorschein kam. Er liebte ihre Wildheit, die ihr selber unheimlich war, er lachte sie an, aber niemals aus. Vielmehr strahlte er wie einer, dem selbst der Tod nicht das Leben rauben kann. So ergriff er sie, nahm von ihr Besitz, bis sie antwortete, ihm entgegenkam und sich selber damit widerrief. Obwohl sie wusste, was geschah, glich das Geschehen einem Überfall. Er kannte ihre Lust am Untergang, er bahnte ihn an, er bereitete ihn vor. Irgendwann war es zu spät und das Beben zu groß, es nahm überhand und die Eruption ihren Lauf. Dann flog ihr Atem, es raste das Herz und es war, als bräche sie in sich selber ein. Er aber blieb ruhig, zugleich war er außer sich, er nahm Anteil am Geschehen, ohne mehr als ein Teil von ihm zu sein. Hoch konzentriert nahm er wahr, was ihr widerfuhr, als studierte er eine bewegende Partitur. Er beschleunigte oder verzögerte den Rhythmus ihres Atems, zwischen den Beben, die sie durchliefen, ließ seine Aufmerksamkeit nicht nach. Selbst wenn der Ewer auf Grund gegangen wäre, hätte er sie noch im Untergang umarmt.

Endlich, wenn sie sich fast schon abhanden gekommen war und nichts Einzelnes mehr spürte, füllte er sie so mit sich selber aus, dass nichts mehr von ihr übrig zu bleiben schien. Er spielte nicht mit ihr, er spielte auf ihr, er beherrschte sie wie der Virtuose sein Instrument. Ließ ihre Lust nach, wandte er sich ab und ließ sie wie zerbrochen zurück. Dann klang nichts in ihr nach, Totenstille trat ein; sie glich einem Hohlkörper, den ein Vakuum füllt. Vielleicht hatte sich so einst Ariadne gefühlt, nachdem sie von Theseus verlassen worden war? Eben noch ein Klangkörper, schwingende, klingende Musik, dann verstimmtes Verstummen und tödliche Einsamkeit.

Aber seine Liebe erfüllt sie nicht, sie höhlt nur aus, sie spürt Verachtung, dann Selbsthass, den sie auf ihn überträgt. Sie versucht, aus dem Schiffsjungen eine tödliche Waffe zu schmieden, indem sie ihn blind macht vor Eifersucht. Er soll sie rächen und dem Schiffer zeigen, dass das, was er Liebe nennt, nicht wärmt, sondern verbrennt, dass sie nur bloßes Begehren entfacht. Der Junge ist Mitte zwanzig, nicht älter als sie, ein Jüngling, dem der Kamm schwillt, wird er gegen den Schiffer in Stellung gebracht. Sie weiß, dass sie ihn benutzt, doch auch sie fühlt sich missbraucht. Daher erscheinen ihr alle Mittel geheiligt durch den Zweck. Der Junge soll seinen Herrn ermorden, dem er bis dahin ergeben war, dann wird der Schiffer im Tod erkennen, dass sie, die

Mordsfrau, kein Spielzeug ist.

Auch sie ist dann am Ende, doch ihr gilt die Untat so wenig wie der Betrug, den sie damit dem Jungen antut. Der Schiffer ist ihr Schicksal, das sie nicht zu meistern vermag, so flüchtet sie in die Gewalt und rächt ihre Schwäche an allen Männern an Bord – ein Nibelungen-Thema, ein Kriemhild-Motiv. Zwei Morde gelingen, der an dem Schiffer nicht, zur Schuld kommt die Einsicht in den tödlichen Selbstbetrug. Am Ende sind der Mann und die Frau allein – Adam und Eva nach dem Sündenfall. Auch jetzt ist die Frau dem Mann unterlegen, der Schiffer macht ihr klar, dass niemand seiner Schuld entkommt. Der Tod läuft nicht der Schuld, die Schuld läuft dem Tod hinterher.

Hier ist ein Sprung im Fluss der Erinnerung, er ergab sich beim Schreiben beinahe von selbst. Ich fühle mich wie ein Töpfer, der hofft, dass ihm mit der Drehung der Scheibe das Werk unter der Hand gelingt. Es ist ein zerbrechliches Gefäß, wie aus Rauchglas geformt, darin verschmolzen einzelne Figuren, je nachdem, wie der Lichteinfall ist. Ich müsste den Sprung, die Zäsur dazu nutzen, um Ihnen, Frau Döring, mein Schweigen zu erklären. Das beträfe das Gespräch zwischen den Generationen – was lässt sich noch vermitteln, was weitergeben an gelebter Passion? Dabei steht mir jene Szene vor Augen, die Sie von Ihrem Vater berichten, wie er als junger Kommis der HAPAG von Gorch Fock eine Widmung in *Seefahrt ist not* erhält. Gerade die Halbwüchsigen haben damals das Buch verschlungen

– war die Begegnung nicht kurz vor Kriegsausbruch? Nach meiner Erinnerung wurde Jan im Frühjahr fünfzehn eingezogen, die Ausbildung erhielt er in Bremen beim Heer. Vom Frühsommer an kämpfte er in Polen, Russland und Serbien und geriet in Frankreich in die Schlacht um Verdun. Osten, Süden, Westen – er hatte sich einmal um sich selbst gedreht. Im Frühling 1916 wollte er in den Norden zurück, dorthin, wo er herkam, endlich nach See.

Dass ihm das gelang, habe ich erst geglaubt, als es geschehen war. Offenbar hatte es sich bei den Preußen herumgesprochen, dass Johannes Kinau eigentlich Gorch Fock war. Er fiel, wie Sie wissen, am Wendepunkt des Krieges in der Seeschlacht am Skagerrak. Was danach kam, war kein Kampf mehr, sondern bloße Vernichtung – Gasangriffe, Material- und Abnutzungsschlachten, dazu in der Heimat der Hungerkrieg! Gorch Fock war überzeugt, dass niemand vor Erfüllung seiner Aufgabe stürbe; schließlich ende das Leben nicht, es vollende sich im Tod. Das waren mir damals Hohlformen des Glaubens, bloßes Gerede, metaphysische Phraseologie. Wie oft hatten wir davon gesprochen, dass nicht der Krieg, sondern die Liebe Vater und Mutter der Dinge sei. Durch sie gelte es, sich mit- und füreinander zu vollenden.

Immerhin starb Gorch Fock, als hätte er es geahnt, seinen eigenen, ganz persönlichen Tod. Ich meine, dieser Seemannstod passte zu ihm, schon deshalb, weil er kein Kriegsheld war. Jeder Massentod ist ein Massenmord, eine massenhafte Liquidierung des Menschen als

Person. Der Krieg lässt den Tod als Vollendung nicht zu, es wird nicht gestorben, es wird nur krepiert. Später habe ich mich gefragt, ob Jan im Fall des Überlebens die Revolution begrüßt hätte, zumal sie von der Marine, den Matrosen, ausging. Ich glaube, er hätte von der Politik genug gehabt. Er wünschte sich nichts sehnlicher als arbeiten, schreiben, gestalten zu können; nicht die Macht des Machens, die Sprache war sein Beruf.

Doch zurück zu Ihrem Brief. Ich las ihn erst Wochen später, nachdem ich aus dem Tessin zurückgekehrt war. Seit Jahren versuchen mein Mann und ich, dort Wärme für den Winter an der Elbe zu speichern. Diesmal kam ich mit einer Erkältung zurück, die sich zu einer Lungenentzündung auswuchs. Ich nutzte die Wochen bis ins Frühjahr hinein, alte Papiere zu ordnen, vor allem die von Gorch Fock. Wie oft schon hatte man mich nach Dokumenten gefragt und wie oft hatte ich mich einen Feigling genannt, der die Auseinandersetzung mit der Vergangenheit scheut. Dabei gehört die Erinnerung an Jan Kinau zum Schatz meines Lebens, mit ihm versank eine ganze Welt. Die Aline, an die Jan seine Briefe schrieb, gibt es nicht mehr – hat es sie je gegeben? Nicht einmal ich weiß es, vielleicht ist die Frage falsch gestellt. Das Leben ist nicht im Flusse, es ist der Fluss selbst, der Strom der Zeit. Kein Augenblick, kein Atemzug gleicht dem anderen, das Ewige ist das Veränderliche, das Bleibende die Veränderung.

Das Ergebnis meiner Prüfung ist, dass ich Gorch Focks Briefe publizieren will, die Antworten von mir dagegen nicht. Das mag beklagen wer will, auf mich kommt es nicht an. Jans Briefe gehörten niemals nur mir, meine dagegen ihm ganz allein. Nach seinem Tod durfte nur ich über sie verfügen, sie haben ihn alle bis auf den letzten auch erreicht. Diesen letzten schrieb ich vier Tage, bevor Jan fiel – er war noch einmal auf Urlaub gewesen und hatte seine Familie und mich besucht. Der Brief kam am 6. Juni zurück, eine knappe Woche, nachdem Jan gefallen war. Bei der Kriegsflotte seiner Majestät des Kaisers ging nichts verloren, bis auf die teuren Toten, die die Marine an den Krieg verlor.

Ihre Post hat den Anstoß dazu gegeben, mich endlich der Vergangenheit zu stellen, bevor es zu spät dafür ist. Mein Mann unterstützt mich, wie er mich in allem unterstützte, was die Lebenskrise vor fünfzig Jahren verwinden half. Auch werden mir gute Freunde wie Hugo Seewaldt helfen, vor allem was die Transkription der Briefe betrifft. Liegt der Band im nächsten oder übernächsten Jahr vor, können Sie sich zu den Paten rechnen, die ihn aus der Taufe gehoben haben; weitere Papiere besitze ich nicht. Unser Briefwechsel war der Austausch von Liebenden, ein persönliches Dokument, kein Lesefutter für Neugierige oder Material der Wissenschaft. Das soll schon der Titel ausdrücken: *Da steht ein Mensch*, ein Satz aus Jans erstem Brief, der als Auszeichnung gedacht war. Ich gebe ihn nun mit den Briefen zurück – was Ruf war, ist Echo geworden, auch der *Ecce homo*-Zug.

Das heißt, dass Jan das Leben in der Tiefe bejahte, er glaubte, dass es nicht zu eigen, sondern zu Lehen gegeben sei. Suche ich ein Wort, das sein Leben zusammenfasst, fällt mir die Gestalt des Ritters ein. Jan war ein ritterlicher Mensch, kein Siegfried, kein Nibelungen-Held, überhaupt keiner dieser sagenhaften Schlagetots. Ich sehe ihn als provencalischen Sänger, in diesem Sinne sind seine Briefe Minnedienst; Animus und Anima waren gleichermaßen in ihm stark. So kam es, dass ich in ihm den neuen Adam sah in dem Glauben, man könne sich von den Zwängen befreien, die unser Jahrhundert so gewalttätig macht. Aber das war ein naiver Jungmädchentraum. Den *weiblichen Menschen* kann es solange nicht geben, wie Eva eine Kopie des überalterten Adam bleibt.

Gorch Fock empfand das Dasein als Geschenk, für mich war es von Geburt an nicht nur Zumutung, sondern Last. Wenn schon der Eintritt ins Leben ohne Zustimmung geschah, war dann nicht wenigstens der Austritt frei? Jan war neun Jahre älter und fest bei der HAPAG angestellt, die große Stücke auf ihn hielt. Er war jahrelang mit Rosa verheiratet, die zwar gleichaltrig war, doch als Frau und Mutter über viel mehr Lebenserfahrung verfügte als ich. Die Kinaus hatten einen kleinen Sohn, den sie Störtebeker nannten, zu Beginn des Krieges kam noch Metta, die Tochter, hinzu. Ich fühlte mich Rosa in allen Lebensbereichen unterlegen, so wie es ihr mit mir in den musischen Belangen ging. Vielleicht kamen wir deshalb gut miteinander aus, weil es so keine Konkurrenz zwischen uns gab. Ging es um den Alltag, um Kinder und Familie, stand Rosas Sieg ohnehin immer fest.

Natürlich hätte Gorch Fock gerne zwei Frauen an

Bord gehabt, ich meine an Bord seines Lebenstraumschiffs. Die Elbe nahm er als Strom der Zeit, auf ihm fuhr das Schiff dem Meer entgegen, in dem er die offene Mündung des Daseins sah. Die See war ihm beides, Element des Lebens und des Todes, ein einziger umfassender Horizont. Auf seiner Fahrt durch die Zeit wollte er alles mitnehmen, das er liebte, es ging nicht um Besitz, sondern um die gemeinsame Fahrt. Zwei Jahre fuhr ich im Kielwasser hinter ihm her, eine ebenso bewegte wie bewegende Fahrt. Sie nahm mir nicht zuletzt den Wind aus den Segeln und verhinderte, dass ich den eigenen Lebenskurs fand.

Von alldem ahnt die junge Aline nichts, die am 24. Oktober 1912 mit der *Doggerbank* auf der Bühne steht. Da sie nicht Ich zu sagen vermag, weiß sie auch von sich so gut wie nichts. Sie ist nicht sie selbst, sie ist die Frau des Schiffers, sie kuscht und schnurrt, selbst wenn sie gegen den Strich gestreichelt wird. In Wahrheit will sie geliebt, nicht genommen werden und das Leben noch einmal geschenkt erhalten, nicht von den Eltern, sondern von dem geliebten Mann. Den ersten Schritt ins Leben hat sie als Unglück erfahren, nun will sie das Licht der Welt noch einmal erblicken, vielleicht spürt sie sogar etwas vom Lebensglück. Arme Aline, sei mir gegrüßt – durch die Liebe eines Mannes willst du zurück ins Paradies.

Aber Bredow ist unzufrieden. Was hat der dürre Spielleiter nur, der sie anschaut, als betrachtete er unter der Lupe ein Insekt? *Bin ich zu leidenschaftlich,* fragt sie, *vielleicht zu laut?* Er nickt, es ist ein trockenes Nicken, als lohnte sich darüber kein Streit: *Überdramatisiert,* sagt er, *zu jungmädchenhaft.* Das findet sie nicht, ganz im Gegenteil. *Hat nicht der Dichter die Rolle so charak-terisiert?* fragt sie lauter als beabsichtigt, fast erschrocken über die Heftigkeit. Alles schweigt, auch sie schweigt, sie verschweigt vor sich selbst die entscheidende Frage, wie sie denn spielen soll, was sie nicht kennt und sich nur jeden Abend beim Einschlafen wünscht? Bisher hat sie noch keinen Mann geliebt, sie hat bloß geschwärmt und sich vorgestellt, wie es wäre, würde sie einmal ernst-haft begehrt. Dann könnte auch sie lieben, dessen ist sie gewiss, an der Fähigkeit dazu fehlt es ihr nicht.

Es? In der Tat, ihr fehlt das Du, weil sie nicht Ich sa-gen kann, es ist wie mit der Henne und dem Ei! Wenn sie das Du finden und dieses Du zu ihr Du sagen würde, könnte auch sie endlich Ich sagen, Ich zu sich selbst in der ersten Person! Wäre, könnte, würde wohl – sie weiß, dass das bloße Konjunktive sind! Für sie ist das Ich das Echo des Du und beide sind wieder das Echo des Wir. So hat sie sich das zurecht gelegt, die junge Aline, mit ihrer Sehnsucht nach Leidenschaft, die kei-ne Leiden verschafft. Stühlmann, der Schiffer, ist nur schwer zu ertragen, er ist zu großartig, zu dröhnend und selbst dann noch zu laut, wenn er schweigen muss, weil er Pause hat. Überspielt er nicht sein Spiel, überspielt das Spiel nicht ihn?

Ach nee, sagt Stühlmann, *schaut euch die Krabbe an! Ist heute Tag der Beliebigkeit, an dem jeder was zu belie-ben hat? Da muss man natürlich dagegen halten, was die*

51

Bußmann macht, ist zu expressiv! – Kinder!, ruft Bredow, *wir können das Stück nicht neu erfinden, morgen ist Uraufführung! – Fragt doch den Autor*, wirft Ohnsorg ein, der unten im halbdunklen Zuschauerraum sitzt: *Was meinen Sie, Kinau – sind Sie überhaupt da?*

Ja, er ist da! Er sagt nichts, er kommt, er tritt aus dem Halbschatten der Kulisse heraus und steigt die Stufen zu ihr herab – er, der der wahre Schiffer ist, das sieht sie auf den ersten Blick. Was will da dieser Stühlmann noch? Ja, das ist er, der neue Adam, der genau weiß, wie er Eva aus seiner Rippe erschafft. Er ist schmal, mittelgroß, er sieht beinahe zierlich aus, keiner dieser hölzernen Kerle, die den Elementen trotzen und doch nur wie die Mastbäume im Wege stehen. Sie will weder Trotz noch Elemente, nicht Wind, nicht Wetter, Wellen, Meer – ist nicht die Liebe das Element des Lebens, sogar das elementarste Element?

Jawohl, der Dichter ist der wahre Schiffer, für ihn will sie spielen, ihm sich anvertrauen. Er hat braunes Haar und grau-blaue Augen, doch die Farbe ist nicht wichtig, weil ihre Leuchtkraft alle Farben umfasst. Wer in diese Augen blickt, fühlt sich als Du, er wird angestrahlt und strahlt ohne Wissen zurück. Die Stimme ist leise, sie trägt, was sie sagt: *Fräulein Bußmann hat recht*, sagt sie, *genau so habe ich mir die Frau gedacht – eine sanfte, doch scharfe, eine zweischneidige Klinge, an der sich der Mann leicht verletzen kann. Sie darf aber zu Beginn auf keinen Fall wissen, wessen sie im Laufe der Handlung fähig ist.*

Seht ihr, ihr Herren, der Dichter spricht! Und ich hatte ihn verstanden, bevor er überhaupt sprach. Sein

Blick ist nicht unverschämt, Stühlmann, wie der von dir, auch nicht verschämt, er zieht an und nicht aus, er nimmt an, nimmt mich auf. Er bleibt nicht bei sich selber, er geht durch alles Fremde hindurch, bis er im anderen das Du gefunden hat.

Wie oft habe ich an diesen ersten Augenblick gedacht – war er nicht allein für mich bestimmt? Jan bestimmte mich als seine Bestimmung, so als wäre er für mich, ich für ihn bestimmt. Er sagte Ja zu mir, die er überhaupt nicht kannte, in der er aber die Frau erkannte, die seiner Seele entsprungen war. Ich wurde als das Du seiner Seele neu geboren, endlich war es so weit, ich sagte von Herzen zu mir Ich. Als sein Glück erblickte ich das Licht der Welt, ein doppelter Lichtblick, als Künstlerin und als Frau. Das alles ist mir auch heute so gegenwärtig, als begrüßte er mich noch einmal mit jenem leuchtenden Blick, mit dem er damals das junge Mädchen umfing. Da kehren sich sämtliche Jahre um, Anfang und Ende reichen sich die Hand, und was ein Leben lang Dornenkrone war, verwandelt sich endlich zum Blütenkranz.

Wie lebte das alles auf, als ich den ersten Brief wieder las – *ich muss Ihnen schreiben* – 29.10.1912, halb fünf in der Früh – *meine Seele will, dass ich Ihnen in der Stille der Nacht von ganzem Herzen danke für das Große, Einzige, Starke, Lebendige, Unverlierbare, was Sie mir am Sonnabend gegeben haben.* Der Brief schmeichelte nicht, er nahm alles, was er sagte, ernst – das war ein ganz neuer Ton für mich. Da war ein Mensch, der nahm mich, wie ich war, so dass ich Ich und Du sagen konnte, wenn ich in den Spiegel sah. *Gewiss war es ein Erlebnis, ein Seelensturm für mich, die Doggerbank zu sehen, aber viel größer und tiefer noch war der Eindruck, den ich von Ihnen, von Ihrer schönen Künstlerschaft und Ihrem noch viel schöneren Menschentum empfing.* Das Köstlichste sei, hieß es zum Schluss, dass jeder noch wachsen würde, so dass wir uns nie mehr verlieren könnten. Bis in den Tod und durch den Tod hindurch – das war der Weg, den er mir damals schon wies, den ich aber erst heute so wenig wie Orpheus fürchte, da ihn Eurydike vor ihm ging.

Ich spielte wie verwandelt, nicht jemanden, sondern für jemanden, den Dichter selbst. Er hatte mich im Geist geschaut, ich hauchte seinem Geschöpf den Atem ein, so die Lebenskonstellation. Damit waren die Weichen für die Zukunft gestellt, Eva war zum zweiten Mal geboren worden. Nicht der Rippe des Adam entsprang sie oder dem Haupte des Zeus, sondern dem Herzen Jan Kinaus, zugleich dem Geist von Gorch Fock. Und so habe ich seine Sprache sprechen, mit seinen Augen sehen und seinem Mund lachen gelernt – für alles dies habe ich ein Leben gebraucht. Mit Lachen meine ich jenes Lachen, dem der Tod nicht ein Ende, sondern einen Anfang setzt. Das war das Schwerste, ich habe es erst in den Bombennächten gelernt. Damals, als Jan im Skagerrak blieb, war sein Tod ein Unglück, bis zum dreißigsten Lebensjahr war ich wie gelähmt. Schließlich warf ich mein Ich wie einen Ball über die Mauer, die unser Hier und Jetzt von der Zukunft trennt. Ich warf mich der eigenen Lebensangst voraus in der Hoffnung, nicht in den Abgrund zu stürzen. War es wahr, wie er sagte, dass wir uns nicht mehr verlieren konnten, dann war mein Fall auch sein Fall und umgekehrt. Derjenige, der als erster ging, war der Kommende und fing den anderen auf.

Ich erinnere mich an den Schluss der Probe, die ohne Unterbrechung weiter ging. Jan bot mir an, mich nach Hause zu bringen, und ich nahm die Begleitung an. Es dämmerte schon, ein Lichterkranz schmückte die Alster, wir saßen im Boot und sprachen mit einer Vorsicht, als fügten wir Teile eines Gefäßes zusammen, dessen Form durch das Fügen aber erst entstand. Unvergesslich blieb mir, dass ein Mann zum ersten Mal meine Hand an die Lippen führte – von nun an gehörte sie mir nicht mehr allein. Das Gefühl ist so geblieben und gilt auch noch heute, da ich Worte dafür suche, oft am Rande der Sprachlosigkeit. Wir schreiben schwarz auf Weiß, in dunkler Schrift auf hellem Grund. Doch auch die Zwischenräume sind geformte Zeichen und ergeben einen eigenen, lichten Text. Darin gleichen sie der Rundung eines Brückenbogens, dessen Vollendung in der Spiegelung erscheint.

Wir verabschiedeten uns scheu, ich stieg zur Wohnung hinauf und probte noch einmal die Rolle durch. Aber nun bedurfte ich nicht des Spiegels, ich sah durch mein Abbild hindurch. Hatte ich mich nicht durch Jan erst gefunden, lieh ich mir nicht mein Ich bei ihm aus? Das waren Ruf- und Echofragen, die ich damals nicht durchschaute, so dass ich das Interesse an ihnen verlor. Jan war mir neun Lebensjahre voraus, ich lebte fast ein

Jahrzehnt hinter ihm her. Gern hätte ich seine Lebenserfahrung gehabt, doch kommt niemand für einen anderen auf die Welt. Jeder ist einmalig und unvertretbar, auch wenn sich die Menschen noch so ähnlich sind. Jeder muss Nähe und Entfernung selber erfahren, Liebe, Enttäuschung, Lust und Schmerz. Das Leben lässt sich nicht ausleihen oder übertragen, es will keine Kopien, es will das Original.

Er schrieb mir Briefe, die mich so erfüllten, als hätte ich zuvor überhaupt nicht gelebt. Das erkannte aber erst die spätere Aline, eine Erfahrung des Krieges, als die Front nicht wusste, was in der Heimat, und die Heimat nicht, was an der Front geschah. Jan schwärmte, er munterte mich auf, manchmal machte er sich klein, um auf gleicher Höhe mit mir zu sein. Mitunter füllte er mich dermaßen aus, dass ich glaubte, in mir sei kein Platz mehr für mich selbst. Nach einem Vortragsabend im Curio-Haus schrieb er im dritten Brief: *Ich weiß kaum noch ein Wort, das Sie gesprochen haben, und habe doch den ganzen Abend nichts weiter als ihre Stimme gehört. Ihre Augen! Alles war so unkörperlich …* Das überlas ich, weil mein Gefühl zwischen Körper und Seele nicht unterschied. *Seltsam genug: ich hatte vorher keine Vorstellung mehr von Ihrem Gesicht, von Ihrer Gestalt –* wovon dann? *– und habe es auch jetzt schon nicht mehr: ich höre nur eine Stimme …* – eine Stimme ohne Körper, ohne den Klangkörper, der sie beseelt?

Auch Späteres überlas ich, wir schrieben und lasen überhaupt oft aneinander vorbei. *Dante beseelte eine Beatrice,* hieß es eine Woche später, *Goethe eine Char-*

lotte von Stein: ich stellte mit dem unbeirrtesten, klarsten Gefühl meine Aline Bußmann neben sie. Wollte ich das? Ich wollte es nicht, ich wollte kein Reflex seiner Stimmungen sein, weder Stimmgabel oder Stimmschlüssel, noch Notenständer oder Instrument. Ich war endlich Ich, das war meine wichtigste Erfahrung, und die gab ich nicht mehr aus der Hand. Ich überlas vieles, das Hoch-, das Ungestimmte, das, was mich betraf, mitunter auch traf, obwohl es unbeabsichtigt war: *Manchmal durchblitzt es mich: Sie müssten kein Weib sein, sondern ein Mann – und dann mein Freund, mein Kamerad, aber das vergeht: es muss so sein, wie es ist.*

Kein Weib? Das überlas ich nicht, so wenig ich mich als Frau übersah, wenn ich im Badezimmer vor dem Spiegel stand. Wie konnte man am Fraulichen der Frau vorbeisehen, ohne sie überhaupt zu übersehen? Ich wehrte mich, vielleicht heftiger, als gewollt, jedenfalls war die erste Verstimmung da. Jan wies mir auf der Bühne des Lebens Platz und Rolle an, nicht anders als der Frau in der *Doggerbank* – es dauerte, bis ich den Zusammenhang begriff. Zunehmend verlagerte sich das Stück auf die Lebensbühne, er schrieb den Text und führte Regie. Ich stand an der Rampe, geblendet vom Licht, ein Jahr, das wie im Rausch vorüberging. Ich hatte die Rolle angenommen, die er mir auf den Leib geschrieben hatte, die Einsätze klappten, Rede und Gegenrede ergänzten sich. Ich wusste, dass ich liebte, er wusste es ebenfalls, seine Briefe wirkten wie Drogen, waren so aber nicht gemeint. Blieben sie aus, fühlte ich mich wie auf Entzug, mir fehlte der Antrieb, die eigentliche Lebensenergie.

Später, als ich das Spiel durchschaute und mich wie aus dem Zuschauerraum auf der Bühne agieren sah, musste ich zugestehen, dass jedes Wort, das Jan schrieb, vollkommen ernst gemeint war. Er war kein Spieler, wenn nicht das Leben selbst ein Spiel ist. Er führte ein Doppelleben, das ist wahr, doch nicht im psychologischen oder moralischen Sinn. Er war ein Bürger, der bei der HAPAG tätig war, zehn Jahre später konnte er Abteilungschef sein, jedenfalls traute man ihm die Karriere zu. Zugleich war er Ehemann und liebevoller Vater, der überdies die eigenen Eltern in Ehren hielt – ein Traummann aus dem Bilderbuch der Natur.

Dieser Mann stand nach zehn Stunden Arbeit und kurzem Schlaf um vier Uhr in der Frühe wieder auf und schrieb an seinen Stücken, den Geschichten, der Korrespondenz. Dazu gehörten als Erholung auch die Briefe an mich, mitsamt der hohen Stimmung, dem berauschenden Ton. Jan zog niemals runter, er lachte, weil er vertraute und richtete sich und andere damit auf. Was das heißt, habe ich erst Jahre später verstanden – sein Tod war ein Unglück, doch nun hole ich Jan zum Glück endlich ein.

III.

*Was wisst ihr von Gorch Fock? Nach meinem Tode spre-
chen wir uns wieder.* Dieser Satz, der später oft zitiert
worden ist, stammt aus der Zeit, in der wir uns kennen
lernten. Es ist ein Satz mit Haken und Ösen, Jan selber
sagte, dass er ihn formulieren, nicht aber kommentie-
ren könne. Meist wird er naiv zitiert, so als öffnete erst
der Tod das Tor zum Ruhm. In diesem Sinne hat sich
die Politik Gorch Focks bemächtigt und ihn als Kriegshelden apostrophiert. Wer dieses Klischee noch immer
übernimmt, hat sich bis heute noch nicht von Goebbels
gelöst.

Für Gorch Fock waren die Toten die wahrhaft Leben-
digen. Wer gestorben war, konnte nicht mehr sterben,
der Tod selbst hatte ihn unsterblich gemacht. Ich erinnere mich, wie wir über diesen Satz stritten, vor allem
über den zweiten Teil: *Nach meinem Tode sprechen wir
uns wieder.* Wir? Wie sollten Tote sprechen können?
Aber da blieb er konsequent, er interpretierte sich nicht
selbst. Noch lebe er unter den Scheintoten, lachte er,
und in der Tat, erst nach seinem Tod begann er zu reden, ich meine dieser Satz und mit ihm Gorch Fock.
Durch die Herausgabe einiger seiner Werke, um die er
mich im Krieg gebeten hatte, sorgte auch ich dafür, dass

über ihn geredet wurde, dass er lebte und sein Ruhm zu wachsen begann. Aber dann kam der Rattenfänger aus Braunau mit seinem harten Emailleblick; er und seine braunen Kohorten schrieen und trampelten alles tot.

Als die Kriegssirenen schwiegen und der Brand- und Leichengeruch verflogen war, verstummte auch Gorch Fock, es wurde still um ihn, als hätte er niemals gelebt. Jenes Deutschland, das er meinte, hatte es nur in seiner Seele gegeben. Er sprach vom Vaterland wie Luther, Ulrich von Hutten oder die Revolutionäre im Bauernkrieg. Er trug es in sich, das Vaterland, ein Zustand des Herzens, der immer mehr der Idee vom Reich Gottes glich. Mit dem bürgerlichen Nationalismus hatte er so wenig zu tun wie mit dem Rassismus des Postkartenmalers aus Wien; selbst der Kaiser interessierte ihn nicht. Die wilhelminischen Borussen, die er streng von den friederizianischen Preußen unterschied, waren ihm zu großmäulig und dementsprechend zu laut. Auch als die Hamburger ihn als Stern am Dichterhimmel grüßten, lebte er wie in der Diaspora, als wäre er in ein fremdes Land emigriert.

Erst jetzt, da ich alt bin, lebt er wieder auf und beginnt zu sprechen, zumal immer öfter entsprechende Anfragen kommen, wenn auch nicht so seriöse wie Ihr Brief. Mitunter habe ich das Gefühl, als schaute mir der Freund über die Schulter und fragte: Glaubst du, dass ich einer Ehrenrettung bedarf? Und ich: Es geht nicht um dich, Jan, es geht um mich. Ich kam wie die Frau des Schiffers zu dir an Bord, wir hatten guten Wind und machten rasche Fahrt. Wir liebten und schwärmten, als gäbe es nur uns auf der Welt. Aber es gab auch deine Familie, die Kinder, die Mutter – als wir uns kennen lernten, war Rosa schon über Jahre hin deine Frau. Und es gab Krieg, wie es noch nie einen gegeben hatte, niemand wusste, wann er zu Ende war und was für eine Welt er uns hinterließ.

Aber ich will nicht vorgreifen und mich an die Erinnerung halten, an die erinnerte Chronologie. Wir schrieben uns, die Brieftauben flogen hin und her, es war unsere Sturm- und Drang-Zeit, wenn auch nur schriftlich, als Literatur. Hielt Jan Vorträge im Conventgarten oder im Curio-Haus, kam ich, hörte zu und umgekehrt. Beglückend für mich war, dass jeder mit den Augen des anderen sah. Jan schaute die Figuren seiner Stücke im idealen Raum, ich nahm sie als wirkliche Gestalten wahr. Geschminkt und gepudert, auf der Bühne realisiert, kamen sie ihm geringer vor, er nahm die Rollen als Verkleidung wahr. Ich dagegen war es gewohnt, mich in dieser Welt des Scheins zu bewegen, in dem, was ich für Wirklichkeit hielt.

Durch Jan spürte ich die Macht der Vergangenheit, ihre Gegenwärtigkeit war eine bewegende, ja bedrängende Macht. Friedrich Hebbel war sein Hausdichter, er schätzte besonders die *Nibelungen*, von denen er sagte, sie seien bei Wagner zu Heldentenören geschrumpft. Ich selbst habe auch dann nicht die Wagner-Mode geteilt, als der Verführer aus Braunau den *Ring* auf der politischen Bühne zu inszenieren begann. Ich lernte durch Jan, dass die Vergangenheit nicht vergeht, er lernte von mir, dass es dergleichen wie Gegenwart nicht gibt. Immer ist sie ein vergehender, sich erneuernder Augenblick, der nicht erkannt, sondern gelebt sein will.

Das führt mich auf Ihre Anfrage zurück, die, wie Sie schreiben, ihre Geschichte hat. In der Tat, ich sehe alles leibhaftig vor mir: Ihr Vater bei der HAPAG als fünfzehnjähriger Kommis, der Gorch Fock mit einem der Direktoren sieht und um ein Autogramm angeht. Sie haben Recht, Jans Vorgesetzter war Direktor Storm, nicht Sturm, Adolf Storm. Er hielt viel von Jan und setzte seine Norwegenreise auf der *Meteor* durch. Dann sehe ich Sie, Frau Döring, vierzig Jahre später, wie Sie im selben Alter in der Bibliothek Ihres Vaters die Werke Gorch Focks entdecken und zu lesen beginnen. Gut ein Jahrzehnt darauf suchen Sie ein Thema für die Promotion und schreiben im Oktober letzten Jahres an mich! Das alles ist ausgesprochen verschlungen, zugleich aber konsequent, so als tastete sich Ariadne am roten Faden durchs Labyrinth.

Sie dürfen sich nicht wundern, dass die Vorstellung, Gorch Fock werde zum wissenschaftlichen Objekt, auf heftige Ablehnung bei mir stieß. Was heißt Objekt, was objektiv? Das Leben ist kein Objekt, es geht um Menschen, um Subjekte, Leben ist daher Geschichte, Biografie. Heißt objektiv sein nicht unmenschlich sein? Wenn Sie die Wirkungsgeschichte von Gorch Fock betrachten, stoßen Sie auf Klischees, die je nach Interesse braun oder schwarzweißrot eingefärbt sind; mit dem Original haben sie nichts zu tun. Schließlich zeigt jedes Bild immer auch den, der es macht, selbst wenn dieser darüber nicht im Bilde ist.

Recht haben Sie darin, dass Briefe und Tagebücher für das Verständnis entscheidend sind, vor allem was die Entwicklung betrifft. Zum Band *Ein Schiff, ein Schwert, ein Segel* will ich nichts sagen; schon durch den Titel werden alle denkbaren Klischees bedient. Das Buch wurde nach Hitlers Machtergreifung publiziert, und zwar von Jakob Kinau, was kein Zufall war. Ich wollte weder mit Jans Brüdern noch mit der Witwe Streit und ließ die Dinge laufen, was das Beste zu sein schien. Der Beruf, die Familie, das Tausendjährige Reich – die Kräfte reichten so eben zum Überleben, Gorch Fock trat für Jahre in den Hintergrund.

Die Briefe an mich werden den Mann, den Dichter zeigen, auch wenn der hohe Ton inzwischen ungewohnt ist. Er gehörte zur Zeit, die Zeugnisse davon sind voll, wir Heutigen haben Stimmbruch, wir sind tiefer gestimmt, woran das Dritte Reich nicht unschuldig ist. Als wir jung waren, gaben wir uns jugendbewegt, wir hassten den Staub, den Plüsch, den Plunder, auch die doppelte Moral und den lärmenden Ton, der für ganz Europa charakteristisch war. All das hat der Braune aus Braunau für sich reklamiert, er baute sich als Erfüllungsgehilfe der Vorsehung auf. Jedenfalls sahen das die Menschen im In- und Ausland so, zumal es für den Typus Verführer kein Beispiel in der Geschichte gibt. Soll ich offen sein, Frau Döring, rate ich von einer Gorch Fock-Arbeit ab, das Gelände ist unfruchtbar und mit ideologischen Interessen vermint. Vielleicht warten Sie zumindest den Briefband ab und sehen dann selber, dass sich Jan nicht objektivieren lässt.

Von heute gesehen, spielte sich unser Leben vor dem Hintergrund des Krieges ab, der über Jahre wie ein Unwetter am Horizont aufzog. Nicht wenige wollten ihn, ja forderten ihn, vielen schien er ohnehin unabwendbar zu sein. In der Presse sah man darin ein Naturereignis, endlich reinigte sich in *Stahlgewittern* die schwüle Luft; nicht nur in Deutschland, in ganz Europa brodelte es. Nirgends wurde geführt, überall verführt, ein unentwirrbares Geflecht von Interessen und Ressentiments hielt die Menschen in Bann. Als der Krieg schließlich ausbrach, herrschte Erleichterung, zu der eine Art Karnevalsstimmung kam. Daran wurde deutlich, wie überlebt, wie ausgehöhlt das *System Europa* war, viele glaubten sich um hundert Jahre zurückversetzt. Auch Gorch Fock stellte sich einen raschen Befreiungskrieg vor, er dachte an 1813, die historischen Mythen verführten dazu. Viele träumten davon, dass eine neue Zeit anbräche, und der Krieg der Vater aller Dinge sei. Durch ihn werde, nein müsse der neue Mensch endlich kommen, das neue *Jahrhundert der Frau*. Adam und Eva wären überwunden, von der Idee her sei der Homo Novus gleichsam androgyn. Wir ahnten nicht, dass später nur umgepolt wurde, der Mann wurde sozialer, doch nicht idealer die Frau.

Das klingt in Ihren Ohren wunderlich, vielleicht schütteln Sie sogar den Kopf. Aber bedenken Sie, was man einst über die heutige Zeit sagen wird. Mauer und Stacheldraht durchziehen das Land, in fünfzig Jahren schütteln die Leute den Kopf oder halten sich die Bäuche vor Lachen, wenn sie bis dahin bei Humor geblieben sind. Stets leben die Kinder auf Kosten der Eltern, bis sie erkennen, dass auch sie nicht vom Himmel gefallen sind.

Später habe ich mich oft gefragt, ob wir den Krieg wirklich vorausgeahnt haben. In der Regel nehmen wir nur den Alltag wahr, und auch das ist oft eine Überforderung. Jedenfalls hatten wir nicht die geringste Ahnung, was unter dem modernen Krieg zu verstehen war, stets stellten sich historische Bilder ein: Theodor Körner und Andreas Hofer, der alte Blücher, Major Schill – heute wissen wir, dass es in den Köpfen der Generalstäbler nicht anders aussah, niemand war auf der Höhe der Zeit. Der Schlieffen-Plan, der den Krieg gewinnen sollte, bevor er eigentlich begann, entpuppte sich als Sandkastenspiel ohne Berücksichtigung der Politik. Das Vorbild war Hannibals Sieg über die Römer, die Schlacht bei Cannae – 216 vor Christi Geburt! Es gab weder einen Gneisenau noch Scharnhorst oder Clausewitz, nicht zu reden vom alten Moltke, es gab nur Wilhelm Zwo. Allerdings interessierten mich militärische Fragen kaum, ich bekam sie durch meinen Bruder mit, der mit den Freunden nachts über den Karten saß. Noch weniger als im Hitler-Krieg war uns das Ausmaß der Vernichtung klar; längst hatten ja die destruktiven Kräfte die produktiven aufgezehrt. Nicht nur im Westen tobte der Vernichtungskrieg, er fraß sich immer tiefer auch in das Innere der Menschen ein. Und heute? Niemand ist in der Lage, sich den nuklearen Overkill vorzustellen! Aus der Evolution würde eine *Re*volution, ein Regress bis hinter den Nullpunkt der Geschichte zurück.

Gorch Fock hat die Entwicklung früh erkannt, doch zog auch er mit Vorstellungen in den Krieg, die an Waterloo erinnerten, an Königgrätz oder Sedan. So sprach er nach dem Vorbild von Schillers *Wallenstein* von *Mackensens Lager*, auf dem Balkan träumte er vom Marsch an den Bosporus, bis hin zum Heiligen Land. Jede Zeit hat ihren Wahn, oft erkennt man ihn erst Jahre später, meistens zu spät oder auch nie. Schon im ersten Winter wurde der bunte Krieg feldgrau, und die Soldaten zu Technikern einer Todesmaschinerie. *Im Westen nichts Neues?* Remarque hat den Krieg nur nacherlebt – zehn Jahre später, nachdem er zum Mythos geworden war.

Bei Gorch Fock verhielt es sich umgekehrt, von Anfang an hatte er vorgehabt, ihn zu erleben und zu einem Buch zu verdichten. Bei Verdun lernte er den Maschinenkrieg kennen und kam zu der Überzeugung, dass künftig überhaupt kein Krieg mehr zu gewinnen war; der Sieger hatte als solcher ausgedient. Jener Menschentyp aber, den der Krieg tatsächlich gebar und der noch heute die Geschicke bestimmt, hatte mit Gorch Focks Vision nichts zu tun. Er wollte den *Neuen Menschen* ermöglichen, der er selber für mich schon war, so wie ich mich als neue Eva empfand. Arme Eva – Jans Tod war ein Unglück, bis zum dreißigsten Lebensjahr war ich wie gelähmt. Immerhin starb er den eigenen, den persönlichen Tod, der zu seinem Leben gehörte, zu seinem unzerstörbaren Lebenstraum.

Doch was liegt am Urteil einer Frau, die das Leben doppelt so lang durchs marode Jahrhundert trieb? Als wir uns kennen lernten, war der Himmel über Europa klar – eine Welt, die im Rückblick wie überbelichtet wirkt. Auf ihr liegt der Glanz der jungen Jahre, der nun im Alter an Leuchtkraft gewinnt; es ist, als wäre alles mit Goldpapier unterlegt. Der Dichter und die Schauspielerin – wir standen auf der Bühne des Lebens im Rampenlicht, unser Spiel, die Dialoge unterhielten das Publikum. Wir verneigten uns, wir winkten, die Zuschauer spendeten Applaus, wir lebten, wir schwärmten wie die Marienkäfer im Mai. In der Jugend scheint es undenkbar zu sein, dass einst für jeden der letzte Vorhang fällt.

Doch die Atmosphäre wurde zunehmend bedrückend, im Westen tauchten Quellwolken auf. Die Franzosen wurden als Erbfeind empfunden – das ging auf den Sonnenkönig zurück, der einst die Pfalz verwüsten ließ. Aber hinter den Franzosen wirkten die Engländer, die den Deutschen den Platz an der Sonne nicht gönnten. Bismarck hatte die deutsche Nation geeint, wie oft mochte er sich gewünscht haben, keiner hätte das in Europa bemerkt! Aber den jungen Kaiser konnte niemand überhören, er war nicht nur laut, sondern riss Türen und Fenster auf, so dass überall Durchzug entstand.

Ging ich an der Alster entlang oder saß mit Jan im Uhlenhorster Fährhaus, fühlte ich, wie sich die Atmosphäre spannte und am Himmel ein schweres Unwetter aufzog. Die Luft wurde schwül, das Atmen fiel schwer, auch die Freunde und Kollegen spürten den zunehmenden Druck. Die Stimmung war gereizt, das öffentliche Leben nervös, der allgemeine Lärm kaschierte kaum die wachsende Unsicherheit. Das war in den anderen Ländern nicht anders, überall empfand man sich als Gewächs im Treibhaus der Zeit. Schuld waren nicht nur der Kaiser, die Industriellen, die Bankiers, alle waren hungrig nach einer anderen, einer neuen Welt. Warum kam niemand mehr mit der alten zurecht? Persönliche Probleme erschwerten die Situation, so die Tatsache, dass ich kein Zuhause hatte, und Jan mir nur den Platz einer Schwester anbot – als suchte ich eine *Seelenfreundschaft!* Trotzdem gab ich mir Mühe mit der Schwesternrolle, schmeichelte mir doch sein Dichtertum. Gorch Fock kam, sah und siegte, er verfasste den Text, er führte Regie und entschied, wie das Stück aufzuführen war.

Zum ersten Mal schrieb mir ein Mann die Spielregeln vor, ich verwechselte mich schon mit der Frau in der *Doggerbank*, die mit Hingabe den Selbstuntergang inszeniert. So irrte ich durchs Labyrinth von Spiel und Ernst, kaum konnte ich noch Dichtung und Wahrheit unterscheiden oder wusste, was Maske, was Gesicht, Theater oder Wirklichkeit war. Das galt nicht nur für mich, es galt ebenso für Jan, der mich nicht wie der Schiffer leiblich, sondern literarisch nahm und einfühlsame Briefe schrieb. Ehe ich mich versah, fand ich mich mit der Rolle der *geliebten Seele* im Zentrum der Minne eines Troubadours. Ich wusste nicht, was Hingabe war, erfuhr auch durch nächtliche Briefe nicht ihre Macht.

Naiv wie ich war, erwartete ich von einem Mann, dass er mir zeigte, was eine Frau sei. Ich selbst wusste es nicht, war ich doch zu lange ein Kind gewesen, das erst mit dreißig Jahren dem neunzehnten Jahrhundert entwachsen war.

Jan achtete auf die Einhaltung der Rollen genau: Ich war die schwesterliche Seele, die agierende Schauspielerin, die dem, was sonst Papier blieb, Leben einhauchte, die Sprache gab. Er war der Dichter, der Schöpfer seiner Figuren, der das Spiel arrangierte und über Nähe und Abstand entschied. Dagegen wollte ich wie die Frau der *Doggerbank* lieber genommen, als verehrt werden, doch das setzte entsprechendes Begehren voraus. Wenn ich nackt vor dem Spiegel stand, fragte ich mich, was mir zu einer begehrenswerten Frau fehlte und mich in der Hohlform der literarischen Geliebten hielt. Mühsam lernte ich, dass Jans Liebe eine doppelte war: Bei Tageslicht wurde das Fleisch gleichsam Wort, im Dunkel der Nacht wurde das Wort umgekehrt Fleisch. Das ist durchaus nicht blasphemisch gemeint, ihm selber war das gar nicht bewusst. Früh morgens huldigte Gorch Fock seiner Muse, zur Nacht nahm der Mann die Ehefrau in den Arm.

Irgendwann bat er mich zu sich nach Hause, es muss im Frühsommer 1913 gewesen sein, kurz bevor er nach Norwegen fuhr. Rosa war dunkelblond, eine warmherzige Frau, deren Stolz die Mütterlichkeit war. Sie also nahm er in den Arm, sagte ich mir, bei ihr wärmte er sich auf, zu ihr kehrte er von den Abenteuern des Dichtens wie Odysseus zu Penelope zurück. Immerhin konnte ich mir das Zusammenleben nun vorstellen, was Jan an Rosa vermisste, suchte und fand er bei mir und umgekehrt. Umgekehrt? Wenn ich Rosa betrachtete, sah ich an ihr nichts, über das nicht auch ich als Frau verfügte, wenngleich nicht in derselben Üppigkeit. Nur eines fehlte: die Mütterlichkeit. Mütter waren für mich auf Nachwuchs fixierte Wesen, bei denen auch der Mann wieder zum Kind werden konnte, mitunter zum Pflegekind. Oft kränkelten Mütter, erschienen herrschsüchtig oder weinerlich und waren termingemäß mit Migräne geplagt. Meine Mutter hatte zum Beispiel nie wirklich gelebt, sie starb trotz meiner Pflege einfach dem Vater hinterher. Ich nahm es ihr übel, dass sie mich auf die Welt gebracht hatte und dann mit dem kleinen Bruder alleine ließ.

Rosa war nicht krank, Rosa war gesund, so gesund, dass jeder resignierte, der nicht ihre Vitalität besaß. Ich musste zugeben, dass sie die ideale Frau für Jan war, vor allem als ich den kleinen Störtebeker sah, der damals drei oder vier Jahre alt war – ein Prachtkerl, der bei den Prachteltern nicht anders konnte, als täglich immer prächtiger zu werden. In dieser Prachtfamilie fehlte nur die Tante, eine Prachtschwester von Rosa oder Jan. Ich verstand, dass er die Lücke gern gefüllt gesehen hätte, zumal sie als Bedarf so deutlich vorhanden war. In Rosa, das spürte ich, würde ich eine treue Freundin finden, in Jan den zweiten Bruder, der auch mein Mentor war. Als Zugabe erwartete mich ein Neffe, der mich sogleich adoptierte, als wäre ich sein neues Schaukelpferd.

Nach diesem Besuch im Dobbelers Weg war ich tagelang wie gelähmt. Ich konnte nicht arbeiten, fiel aus sämtlichen Rollen und fühlte mich elend, schließlich sogar krank; Herz, Sinne und Verstand waren wie betäubt. Einige Tage über lag ich im Bett, eine Freundin pflegte mich und ließ keinen Besuch zu mir durch. So hatte ich Zeit, mich mit mir selbst zu beschäftigen, was ich damals mit Hingabe tat. Ich hatte einen Mann gesucht und einen Dichter gefunden, ich wollte mit Jan Kinau befreundet sein und wurde die Muse von Gorch Fock.

Die Einzelheiten sind mir entfallen, ich erinnere nur, dass die Krankheit eine Lebensschwäche war, die mich längere Zeit gefangen hielt. Während ich darnieder lag und die Blumen der Zimmertapete musterte, ging ich die verschiedenen Rollen durch, die sich aus der Begegnung mit Jan ergeben hatten. Ich war zwar mit den Kolleginnen am Theater bekannt, auch mit Leuten aus der kulturellen Quickborn-Vereinigung, lebte sonst aber isoliert, das heißt ganz für mich. Mein Bruder, der längst eigene Wege ging, meinte, ich sei mondsüchtig und balanciere auf einem Dach. Damit wollte er mir die Situation einer Schlafwandlerin vor Augen halten, die man am besten gewähren lässt, auf dass sie nicht erwacht und in die Tiefe stürzt.

Gorch Fock sprach dagegen vom Dornröschenschlaf, der mich als Aura umgab. Er meinte damit die Entrücktheit, die ich an mir hatte, vor allem wenn ich Rezitationsabende gab. Aber der Prinz küsste mich nicht wach, er drang nicht einmal zu mir vor. Er scheute die Dornenhecke, die mich umgab, liebte meine Seele und schickte mir Post. Vielleicht empfand ich dunkel, wofür ich damals keine Worte fand: Wer unsterblich liebt, sollte in den Tod gehen, nicht ins Büro. Das klingt bitter, doch diese Bitterkeit trifft nicht Gorch Fock, sondern mich. Ich konnte unmöglich in seine Familie eindringen, ihr Zerbrechen hätte alles aufs Spiel gesetzt. Was blieb, war die Rolle der entsagenden Freundin, für die Jan zwar ein Ohr hatte, nicht aber ein Herz.

In dieser Rolle sah mich auch Rosa, sie traute sie mir zumindest zu. Sie vertraute mir ihren angetrauten Mann treuherzig an und nahm mich dadurch in die Arme, will sagen menschlich in die Pflicht. Gorch Fock war eine treue Seele, nicht nur was die Seinen, sondern auch ihn selber betraf. Er wollte, dass wir uns gegenseitig als Künstler vollendeten, dafür fehlte aber zwischen uns das Gleichgewicht. Nicht nur er brauchte Frau und Familie, auch ich wollte Kinder und einen Mann. Gern hätte ich inzwischen auf den Dichter verzichtet, an manchen Tagen hasste ich die Bühne, das Publikum, den Applaus. Ich sehnte mich nach dem Alltag, nicht nach Dichtung, sondern Wahrheit, nach alltäglicher Prosa, nach schlichter Normalität. Aber das war nur eine meiner verschiedenen Rollen, die Bühne war auch in mir, ich spielte mir selber Theater vor.

Es war einer jener milden Tage im März, an denen der Frühling wie im Sprung über die Elbe setzt und so rasch an Land geht, dass die Stadt in Wogen aus Licht und Wärme ertrinkt. Ich hatte mich entschlossen, am Frühling teil zu nehmen, die selbst verordnete Klausur sollte zu Ende sein. So ging ich den kurzen Weg zur Alster hinunter, vorbei an den kleinen Gärten, in denen die Amseln Vorputz hielten und die Sperlinge wie in Schauern in die Rhododendronbüsche einfielen. Ich hatte ein Gefühl von neu erwachender Kraft, so wie es dem Genesenden geht, wenn ihn die Krankheit verlässt und neues Leben in ihm Wohnung nehmen will.

Das Uhlenhorster Fährhaus war zum ersten Mal geöffnet, in der Ferne spielte ein Schifferklavier. Einige Herren saßen beim Bier, als hätten sie die Nacht durch gezecht, ihr scharfes Lachen schreckte den jungen Morgen auf. Noch wirkte die Stimmung wie überreif, doch drang mit dem Licht schon der Frühling durch. In den Gärten erwachte das erste Grün, die Farben waren zart, wie in Pastelltönen hingehaucht. Dichter Dunst lag auf dem Wasser, Boote glitten durch das verspiegelte Licht, und Sonnenringe spielten über die bunte Fläche, als löschten sie die dunklen Traumbilder der Nacht.

Unweit von mir saß eine Frau am Tisch, deren Kontur im Gegenlicht nicht zu erkennen war. Sie hatte meine Figur und dichtes, hochgestecktes Haar, wie es die Frau des Schiffers in der *Doggerbank* trug. Neben ihr rutschte ein blonder Junge auf dem Stuhl hin und her, er war etwa fünf Jahre und trug einen Matrosenanzug, aus dem er eben herausgewachsen war. Als sich die Frau seitwärts ins Profil drehte, sah ich, dass sie hochschwanger war. Was mir aber wie ein Flammenstoß durch die Seele fuhr, war die Gewissheit: Sie hat dein Gesicht! Jetzt sah sie mich an und durch mich hindurch, als wäre ich ein offenes Fenster, das den Blick in ein fremdes Land gewährt.

Nun trat ein Herr von hinten auf sie zu, er trug einen braunen Rock, war aber ohne Hut. Vorsichtig, als ob er die Frau nicht erschrecken wollte, legte er ihr die Hand auf die Schulter, den Jungen neben ihr bemerkte er nicht. Sie wandte sich um, blickte auf und lächelte ihn an, ein Lächeln, das ich von mir kannte, wenn ich mir morgens nach misslungener Nacht vor dem Spiegel Mut machte für den zu bestehenden Tag. Ich wollte aufspringen, um mein Lächeln von der Dame zurückzufordern, so als hätte sie es mir mitsamt den Gesichtszügen geraubt und nun die Absicht, damit zu verschwinden. Doch blieb ich wie gelähmt an meinem Tisch sitzen und schaute zu, wie Gorch Fock neben mir Platz nahm und in seiner leisen, akzentuierten Weise auf mich einzureden begann. Er erzählte von einer Finkenwerderin namens Cili Cohrs, die er als junges Mädchen gekannt habe und die vor kurzem gestorben sei. Er wolle ihr mit einem neuen Stück ein Denkmal setzen, mit einem Einakter, ähnlich dem der *Doggerbank*. Einst sei er in sie verliebt gewesen, doch das sei lange her. Ihr früher Tod habe ihn zutiefst getroffen, er wolle das Stück mir widmen und bäte mich, es zu lesen; vor allem hoffe er, dass die Hauptrolle etwas für mich sei.

Die Widmung lehnte ich ab, die Rolle versprach ich zu studieren, wenn sie mir einleuchtend sei. Das Stück hatte in der Tat Ähnlichkeit mit der *Doggerbank*: Ein junger Mann, eine junge Frau fühlen sich für einander bestimmt, aber die Werbung misslingt, als es um die Entscheidung geht. Er versetzt seine Verlobte, weil ihn der Hafer sticht, daraufhin zeigt sie einen Stolz, der an Hochmut grenzt und sie bei dem Geliebten rächen soll. Sie heiratet den Bruder des Auserwählten, obwohl sie ihn nicht liebt und macht so alle unglücklich in ihrer Maßlosigkeit. Ihr vermählter Mann bleibt auf See, der einstige Bräutigam war dabei und wird daraufhin zum Trinker, weil er sich schuldig am Tod des Bruders fühlt. Cili Cohrs erlebt mit, wie er zugrunde zu gehen droht, doch liebt sie ihn noch immer, zumal ihr inzwischen die eigene Schuld deutlich geworden ist. So kämpft sie um ihn, auch um sich selbst, um die letzte gemeinsame Lebenschance – das Adam und Eva-Syndrom. Leben ist ohne Schuld nicht möglich und wird nur durch jene Liebe gesühnt, die nicht besitzen, sondern verschenken will.

Das Stück, das im ersten Kriegswinter gegeben wurde, war Gorch Focks erfolgreichstes Bühnenwerk. Ich habe im Lauf der Jahre *Cili Cohrs* oft und gerne gespielt, obwohl das Stück nicht das Niveau der *Doggerbank* erreicht. Jan wartete mit seinen Stoffen, bis er sie fertig im Kopf gestaltet hatte. Dann schrieb er sie an zwei, drei Tagen nieder, meist in den frühen Morgenstunden vor dem Gang ins Büro. Bei *Cili Cohrs* hatte ich Einwände und stellte Fragen, er ging auf alles ein, als wollte er sicher gehen, dass mir das Stück gefiel.

Aber das ist nicht wichtig, wichtig ist das somnambule Erlebnis überhaupt. Immer wieder habe ich darüber nachgedacht, welcher Wirklichkeit es angehört. Wir sind nicht nur in der Gegenwart zu Haus, im Grunde lebt in jedem von uns die gesamte Evolution. Das betrifft nicht nur die Erfahrungen, die Hoffnungen und Ängste, sondern ebenso das Verdrängte, das in den Höhlen des Bewusstseins haust und dort ein Schattendasein führt. Ist einem das klar geworden, wird es unheimlich in der eigenen Haut. Wir verstehen von uns nur das, was wir von der Welt verstehen und umgekehrt. Niemals erkennt der Teil das Ganze – kennt das Ganze den einzelnen Teil?

Jans Familie kannte ich zu jener Zeit nicht, ich wusste nur von dem Sohn und dass seine Frau Rosa hieß. Auch *Cili Cohrs* war erst später ein Thema zwischen uns, das entnahm ich beim Ordnen der Papiere einem entsprechenden Brief. Das Merkwürdige ist die Verschlingung von Wirklichkeit und Traum, als würden unterschiedliche Lebensmodelle vermischt. Wie vermag man zu antizipieren, was niemals Wirklichkeit werden kann? Wovon ich eben erzählte, erlebte ich bald darauf ein zweites Mal und wieder am selben Ort. Nun war es später im Jahr, Juni oder Ende Mai, das helle Laub glänzte goldgrün, doch der Flieder war schon verblüht und hing in rostbraunen Dolden herab. Noch hatte der glühende Kriegssommer nicht begonnen, der mir später erschien wie von einer anderen Welt.

Die Stühle waren besetzt, ich fand nur am Rand der Terrasse noch Platz. Kaum hatte ich mich gesetzt und der Bedienung gewinkt, als ich im tiefsten Herzen erschrak. Einige Schritte entfernt stand ein Goldregen, der sich kataraktartig in die schattige Kühle ergoss. Unter ihm saßen Gorch Fock und ich, die wie Rosa in Wirklichkeit hochschwanger war. Rosa selber war nicht zu sehen, als hätte sie nicht existiert. Der kleine Störtebeker turnte auf dem Schoß seines Vaters, er hatte einen Papierhelm auf dem Kopf und einen Holzsäbel umgeschnallt. Ich war zwar die Mutter in der kleinen Familie, fühlte mich aber zugleich Lichtjahre von ihr entfernt. Ich sah mich doppelt, als Schauende und als Geschaute – mir graute vor diesem zwiespältigen Blick. Obwohl ich schon Kaffee bestellt hatte, sprang ich vor Schrecken auf, warf einen Geldschein auf den Tisch und stürzte davon. Mehr weiß ich von der Halluzination nicht zu sagen, sie bewahrte sich wie ein blinder Fleck in mir auf. Lange blieb ein Gefühl der Zweigleisigkeit zurück, als bewegte ich mich ohne Weichen auf parallelen Schienen durch die Welt. Auch erinnere ich mich an die traumatische Angst, mein Verstand könne versagen und am Ende aus den Geleisen springen wie ein Zug. Dann käme ich nie wieder in die richtige Spur und, derart verrückt, auch an kein Lebensziel mehr.

Sie sind die erste, der ich von dem Erlebnis schreibe, erzählt habe ich es später nur meinem Mann. Das war lange nach Gorch Focks Tod während der Weltwirtschaftskrise, als es mit der Weimarer Republik zu Ende ging. Der Anlass war das dumpfe Gefühl, dass Hitler nicht zu verhindern sei, wenn nicht durch die Reichswehr ein Staatsstreich erfolge, zusammen mit den Gewerkschaften und der Sozialdemokratie. Als Regierungschef wurde General von Schleicher gehandelt, der auf dem glatten Berliner Parkett zu Hause war – was daraus wurde, haben wir mit Schrecken erlebt. Man hört es nicht gern, doch bleibt es wahr: Das Dritte Reich resultierte aus dem freien und geheimen Wahlrecht, Hitler gelangte durch eine parlamentarische Demokratie an die Macht. Er putschte nicht, er ließ sich wählen, der Staatsstreich erfolgte erst nach Übernahme der Macht. Dann allerdings als *nationale Revolution* – ein Dauerputsch, bis das Land am Ende war.

Ich erzählte meinem Mann auch vom Erlebnis in der Münchner Universität, wie ich dort dem starren blauen Blick begegnet war, Augen, die nicht das Licht der Welt spiegelten, sondern ihre abgründige Finsternis. Damals vernahm ich zum ersten Mal die Stimme, die vor Hass bebte und mich noch heute bis in den Schlaf verfolgt. Er war mein Jahrgang, dieses Genie des Hasses, ein Umstand, den ich lange nicht verstand. Irgendwann begriff ich ihn als Teil jenes Schattens, den das Leben notwendigerweise von sich wirft. Ich mochte mich drehen und wenden wie ich wollte, er war Bestandteil meiner Biografie. Insofern gehört er in den Verantwortungsbereich meines Lebens, eine Schuld, die nicht verarbeitet, sondern nur getragen werden kann.

In diesem Zusammenhang erinnerte ich mich an den Kaffeegarten, ein Erlebnis, das tief in mir vergraben war. Oft hatte ich in den zwanziger Jahren das Empfinden, die Welt vor dem Krieg sei mir wie aus dem Geschichtsbuch bekannt. Meine Gesichte hatte ich mir als Überreizungen zurecht gelegt, aber das waren bloß Worte, die im Unklaren ließen, warum sie erfolgten und was durch sie ausgesagt war. Ich versuchte, von meinem Befinden abzusehen und sie als Botschaft einer Wirklichkeit zu verstehen, die vom Bewusstsein unabhängig war. Einen Lidschlag lang hatte ich hinter den Spiegel geschaut, dorthin, wo sich Vergangenheit und Zukunft mischten, bevor aus dem Gefüge der Zeit eine neue Wirklichkeit erstand.

Mein Mann schüttelte den Kopf und meinte, allein der überreizte Wunsch, an Jans Seite Rosas Platz einzunehmen, habe die Halluzination bewirkt, so wie dem Verdurstenden in der Wüste die Oase als Fata Morgana erscheint. Auch sage man, dass Frauen so schon zu Müttern geworden seien, was zwar kein theologisches, wohl aber psychologisches Argument für die jungfräuliche Empfängnis sei. Ich muss anfügen, dass mein Mann ein nüchterner Analytiker ist, anders hätte er mir nicht helfen können in den Turbulenzen jener Zeit. Hätte Gorch Fock den Krieg überstanden, wären wir sicherlich Freunde geblieben und hätten zusammen wie Geschwister-Familien gelebt. Wäre, hätte, könnte – ich muss darauf achten, dass ich nicht wieder der Irrealität verfalle und im Konjunktiv lebe, statt im Indikativ. *Ein Blick in das Mahlwerk der Zeitmühle hat mir genügt, nach einem zweiten verlöre ich den Verstand.*

Im Herbst 1913, als Jan und ich mit *Cili Cohrs* schwanger gingen, wurde Rosa mit Metta wirklich schwanger. Dadurch wurde mir das Stück gänzlich verleidet, ohne Skrupel wünschte ich mir die Situation umgekehrt: Sollte Rosa die Muse sein und mit Gorch Fock dichten und denken, ich wollte mich an Jan Kinau halten und ihn lieben, bis ich Drillinge bekam. Sie werden lächeln über so viel Torheit, doch hätte ich wirklich gern Rosa als Mutter eingeholt. Nehmen wir nicht mit den Fragen und Ängsten auch unsere Torheiten mit ins Grab? Liegt die Wahrheit des Lebens in der Wiege oder im Sarg? Was war mit uns, bevor wir die Lebensbühne betraten, was wird sein, wenn der letzte Vorhang gefallen ist? Irgendwann ist jedes Stück aus und das Licht erloschen, die Bühne leer. Applaudiert jemand, sah überhaupt einer dem Drama zu, sei er auch Lichtjahre vom Geschehen entfernt?

Sie fragen in Ihrem Brief, wie Gorch Focks Wesen gewesen sei. Das klingt, als gäbe es eine Art festen Kern, während es doch immer nur Vorläufiges gibt. Ich jedenfalls weiß nur von Bildern und Gefühlen, sinnlichen Eindrücken und mancher Irritation. Aber all das stammt aus Schichten des Daseins, die wir nicht kennen und nur erleiden, weil wir weder Subjekt noch Objekt, eher wohl Opfer des Lebens sind. Ich habe das bei jeder Rolle gespürt und versucht, neben dem Greifbaren das Unbegreifliche zu zeigen. Niemand ist Etwas, aber auch nicht Nichts oder nur so, wie eine Brücke ein Übergang ist. Deshalb dachte sich Jan die Menschen als Brücke, als Übergang über den Strom der Zeit. Durch sie würden die Ufer des Zeitstroms verbunden, anders bliebe sich die Welt hüben wie drüben fremd.

Als Mann war Gorch Fock der Antipode zum Verführer mit dem harten Emailleblick. Er verkörperte in allem das Gegenteil jener Mächte, die noch nach der Niederlage den Krieg gewinnen wollten. Hitler war der Leitwolf der ewig Gestrigen, als Person ein Nichts musste ständig das Rudel um ihn sein. Wie Dschingis Khan brach er in humane Schutzzonen ein, die Europa über Jahrtausende hin aufgebaut hatte und verheerte sie bis in den tiefsten Grund. Gorch Fock war einer jener einsamen Naturen, die niemand im Geiste begleiten kann, selbst nicht die eigene Frau. Als ich begriff, dass er auch in den Armen von Rosa einsam war, löste ich mich von der fixen Idee, dass nicht sie, sondern ich die eigentlich Angetraute sei.

Manchmal glaubte ich, dass Rosa das, was ich dachte, bereits wusste und dieses Wissen ihrer Liebe die Reife gab. Sie war mir im Überwinden der Eva voraus, da diese nur liebt, was sie besitzen kann. Auch Gorch Fock blickte auf den alten Adam zurück, der im anderen stets nur sich selber will. Dabei geht es um unsere Eigenmächtigkeit, um jenen absoluten Willen zu sich selbst, dessen Bedingung tiefste Lebensangst ist. Müssen nicht alle mit dieser Nichtigkeit zu Rande kommen, mit der Erkenntnis, du bist nichts als eine Handvoll Staub? Das gilt für den einzelnen wie für die gesamte Gattung, was bedeutet sie schon im ungeheuren Weltenspiel? Ob Gewinner, ob Verlierer, wir werden hineingemischt in dieses Spiel. Zwar spielen wir nicht selber, sondern mit uns wird gespielt, doch können wir das Spiel verweigern, wir sind frei und können Spielverderber sein.

Der Mann aus Braunau lehnte sich auf, er glaubte, dass Macht der Weg aus der Nichtigkeit sei. Dagegen hatte sich Gorch Fock nicht nur den Toten, sondern dem Tod anvertraut – ein Satz, den man zweimal lesen, vor allem wörtlich nehmen darf. Als der Tod kam, wird er wie jeder erschrocken gewesen sein, hatte er doch wie wenige das Leben geliebt. Aber er fügte sich und reichte dem Tod die Hand. Ich bin sicher, dass er ihm alle, die er liebte, mit diesem Handschlag anvertraut hat. Das gilt auch für mich am Ende meiner Tage, jedenfalls traue ich es Jan Kinau zu. Und dieses Zutrauen gewinnt für mich alte Frau ein immer stärkeres Eigengewicht.

Sie werden fragen, woher ich das alles weiß. Es gibt ein Erkennen, das Jahre braucht, in vielem wurde es durch die Tagebücher gestützt. Sie sind zwar publiziert, haben aber die Legendenbildung nicht verhindert. Wer liest schon aus einem Text heraus, was der Autor hineingeschrieben hat? Wer kennt den ungeheuren Gesamtverlust, der durch diese Differenz entsteht? Wie sein Antipode, der Gefreite aus Braunau, erfuhr auch Jan die Hölle des Krieges, vor allem erkannte er, wie sinnlos der Krieg war. Dadurch wurde er zu einem *Propheten der Furchtlosigkeit*, er verachtete den Tod nicht, er achtete ihn und ließ ihn als Bruder Thánatos in sein Leben ein: *Fürchte dich nicht, ich bin bei dir, bis ans Ende der Welt.* Nie wieder ist mir ein Mensch begegnet, der so lebensfromm war wie Gorch Fock. Das hält die Nachwelt für unwesentlich, sie sieht auch dementsprechend aus. Wenn ich in den letzten Wochen an Jan dachte, fiel mir der Mythos von Orpheus ein, der aus Liebe zu Eurydike in die Unterwelt stieg. Er kämpfte nicht mit dem Tod, er ließ seine Stimme hören, er nahte als Dichter, als Sänger, sein Lied machte Thánatos zum Freund.

Der Braune aus Braunau brachte den Hass nicht aus dem Krieg mit nach Haus, er hasste schon im Frieden sein Dasein, sich selbst. Besonders hasste er die Frauen, da ihre Berufung das Leben ist, das ihm nicht weniger verhasst war als der Tod. So opferte er Millionen und wurde ihr Mörder, war aber selber ein Feigling, der sich vor der Verantwortung drückt. Als ihn der Tod von sich aus verschmähte, blieb wieder nur Gewalt, und so ermordete er sich selbst.

Aber der Hass wird erst dann zum Politikum, wenn er vom einzelnen auf die Völker überspringt. Der Versailler Vertrag bedeutete keinen Frieden, sondern einen Waffenstillstand, durch den der Hass einen zweiten Krieg erzwang. Müde vom Morden – wer in diese verdeckte Glut blasen würde, entfachte einen neuen Weltenbrand. Hinzukam, dass in den Chefsesseln der Regierungen bloße Buchhaltertypen saßen, denen der Federhalter aus der Hand fiel, als sie der blaue, emailleharte Blick traf. Gorch Fock hatte den deutschen Sieg erhofft, weil er glaubte, so erblickte der Neue Mensch das Licht der Welt. Nur dieser könne dauerhaft Frieden bewirken, weil er des eigenen Unfriedens Herr geworden sei. An die Macht gelangte aber der *Herrenmensch*, der als Karikatur der genaue Gegentyp war.

Das können Sie erst nachvollziehen, wenn Sie die Briefe gelesen haben. Sie ergänzen und führen fort, was in den Tagebüchern steht. Wenn ich vom *Jahrhundert der Frau* sprach, meinte ich denselben Homo Novus wie Gorch Fock. Ich träumte von einer anderen Zivilisation, in der nicht Technik und Ökonomie, sondern Kunst und Wissenschaft das Formprinzip waren. Das war nicht originell, doch glaubte ich daran so stark, *als wär's ein Stück von mir*. Das hielt solange vor, bis ich

Rilkes weiblichen Menschen fand. Mein Mann schenkte mir alles, was er von diesem Dichter besorgen konnte, bis hin zu den *Sonetten an Orpheus*, die ich bei mir trug wie ein Brevier.

Wer spricht von Siegen? Überstehn ist alles – damit traf Rilke den Nerv der Zeit. Ich legte mir das so zurecht, dass es Adam und Eva, den Sündenfall des Lebens, in uns selber zu überstehen galt. *Ist Leben ohne Macht möglich?* fragte ich meinen Mann, Gorch Fock hatte daran geglaubt. Doch dann musste Leben nicht Wille, es musste Liebe sein, Liebe zwischen Eltern und Geschwistern, zwischen Freunden, Mann und Frau; vor allem aber Zutrauen zu jenem Anderen, Fremden, das uns in der Gestalt des Todes entgegentritt.

Natürlich wusste Jan, dass das die Utopie der Utopien war. Die Menschen konnten nicht von hinten ins Paradies zurück, wie Kleist in der Geschichte vom Puppentheater sagt. Wichtig war ihm, dass in dieser so von sich überzeugten Welt nicht die Hoffnung auf das *Ganz Andere* abhanden kam. Nicht nur beim Untergang der *Wiesbaden* saß er im Ausguck, im *Krähennest*, auch sonst suchte er das Weltenmeer nach neuen Horizonten ab. Was er im letzten Augenblick wirklich sah, wissen wir nicht und werden es nie erfahren. Er war ein anderer geworden, das meinte ich, als ich schrieb, dass ich in ihm den Homo Novus sah. Einen Krieg wie diesen gewinnt man nicht, sagte er drei Tage vor der Skagerrak-Schlacht, im Gegenteil, alle verlieren ihn. Und wenn künftig kein Krieg mehr gewonnen werden kann, hat er sich am Ende selber besiegt.

Trotzdem wollte er als Soldat seinen Platz ausfüllen
– *bis ich wieder die Arme recken kann, die heute müßig
sein müssen, weil ich Krieg machen muss.* Das war der
letzte Satz, den er mir schrieb. Er war kein Romantiker,
Idealist oder Held, er war ein Mensch in einer Zeit, in
der die Menschheit die Menschen zu ersetzen beginnt.
Deshalb lautet der Titel der Briefe: *Da steht ein Mensch*
– so sprach er damals das junge Mädchen an, so ant-
wortet heute die alte Frau, die die Neige ihrer Jahre immer mehr als Zuneigung erfährt. Manche mag der *Ecce
homo*-Ton stören, doch was stört die Leute eigentlich
nicht? Gorch Fock war ein Künstler, ein Lebens-Künst-
ler, als Höchstes galt ihm das *Schwindelfreisein.* Damit
meinte er das Schweben über dem Abgrund der Welt,
eine Kunst, die mit dem Leben identisch war.

IV.

Ich überlese den Bericht nicht mehr, obwohl ich weiß, dass er Widersprüche und Lücken, vielleicht sogar Banalitäten enthält. Wir können im Nachhinein nicht mehr erklären, warum uns das Dasein wie ein Feind erschien, als es hier und jetzt gelebt werden musste. Insofern gleicht mein Text einem Traktat über die Unmöglichkeit einer Biografie. Möglich sind Anläufe, Versuche und Fragmente, ein Puzzlespiel, hinter dem kein Bild vom Ganzen mehr steht. Gibt es noch über die Generationen hinweg eine Verständigung, die den Alltag übergreift? Fehlt uns nicht die Achtsamkeit der Sprache, die mit Bedacht aus dem Schweigen kommt? So wie wir uns von uns selber entfremdet haben, werden uns auch die Dinge fremd; sie ziehen sich in die Anonymität zurück. Was bleibt, ist eine Welt der Ziffern und Zahlen, die weder Zeichen noch Bedeutung kennt. Selbst die Sprache schleifen wir als Gerede hinter uns her, eine Schleppe, die mit Füßen getreten durch den Schmutz gezogen wird.

Und doch bin ich ins Schreiben, ins Nachdenken gekommen, die Lektüre von Jans Briefen öffnete den versiegelten Mund. Oder sollte ich schreiben, das verspiegelte Herz? Was ist das für ein Spiegel, der ein

Traumbild von uns entwirft? Was lässt sich mitteilen über jene Hoffnungen der Generationen, ohne die Leben nicht überstanden werden kann? Indem ich Ihnen schreibe, erleichtere ich das Marschgepäck auf dem bevorstehenden Weg ins Niemandsland. Auch das ist eine Metapher, niemand kehrte von dort je zurück. Ist nicht der Grund, auf dem das Leben gründet, wirklich ein Abgrund, der unergründlich ist? Wie aber soll abgründiges Gründen möglich sein? Als Schweben, als freier Fall oder Tanz um einen unbekannten Mittelpunkt? Vielleicht gleicht das Leben einer sich verjüngenden Spirale, und wir streben wieder dem Ursprung zu? Dann fiele der älteste mit dem Jüngsten Tag zusammen – welch ein Zufall, was für eine Zufälligkeit!

Für Gorch Fock waren die Toten mächtiger als die Lebenden, sie waren die Unvergänglichen, die nicht mehr vergehen. Anders die Lebenden, die im Werden sind, dabei unstet und ebenso wandelbar. Ich las gestern den Brief vom November 1915, in dem er mich über den Tod meines Bruders zu trösten sucht. *Wir müssen leben, damit unsere Toten leben,* schreibt er vom Krieg auf dem Balkan. *Wer seine Ewigkeit verliert, verliert seine Toten* und umgekehrt. Die Toten garantierten ihm jene Wirklichkeit, die unser aller Zukunft ist. Das war, wie er sagte, sein Heilgedanke, der ihm die tiefste Freudigkeit verlieh. Wie anders hätte er den Maschinenkrieg überstanden, diese maschinell automatisierte Sinnlosigkeit? Für ihn war das Leben ein Geschenk, zur Bewährung ausgesetzte Zeit. Wohl änderte es der Tod, doch es endete nicht im Tod.

Mir geht es anders, das spüre ich an diesem Bericht, an der hölzernen Sprache, die sich nicht biegt und nicht spannt. Ich umschweige das, was mir das Wichtigste ist, den Abgrund, dem ich mich nicht zu nähern vermag. So komme ich nicht über den Unterschied hinweg, der in der *Form* des Todes, dem Tod in Uniform liegt. Das ist kein Sterben, das ist ein Krepieren, ein verordneter, kommandierter, ein befohlener Tod. Er gehört niemandem, er passt zu niemandem, er ist kein Deus ex machina, sondern ein Monstrum aus der Maschine, genauer die Maschine als Monstrum, als monströses Symbol des Massenmords. Und jeder, den es in den automatisierten Tod trieb, starb in den Seinen nochmals den persönlichen Tod. Ein Lebewesen, das periodisch dem Morden verfällt, hat seinen Anspruch auf Leben verwirkt. Sind wir nicht Killer, die Amok laufen, erkennen wir uns nicht am Kainsmal auf der Stirn?

So konnte ich allerdings mit Jan nicht sprechen, vor allem nicht, als der Krieg ausgebrochen war und alles Volk *Barabam!* schrie; er hatte nicht die Ohren, ich nicht die Stimme dafür. *Und was soll ich mit diesem da machen?*, ruft Pilatus, der seine Hände in Unschuld wäscht, *mit diesem Friedensmann, von dem es heißt, er sei Christus, Gottes Sohn? – Lass ihn kreuzigen!*, schreit die Menge im Todesrausch: *Sein Blut komme über uns und unsere Kinder!*

Die Dimension des Geschehens war mir damals so wenig klar wie den meisten anderen meiner Zeit. Ich spürte nur einen gewaltigen Schmerz, als ich die Straßen, die Plätze voll jubelnder Toter sah: *Hier werden noch Kriegserklärungen angenommen!* und: *Weihnachten ist alles aus, da sind wir wieder längst zu Haus!* Jeder wollte dabei sein, dazu gehören, als Mars Europa den Todesmarsch blies. Laut, bunt und singend zogen sie aus, die wenigen, die davon kamen, kehrten als Hohlräume des Lebens zurück. Dazu die Lücken unter ihnen, diese Leerstellen des Lebens – Millionen von Lückenbüßern marschierten mit!

Warum nicht auch jener mit dem harten Emailleblick? Warum wurde er für den zweiten Gang aufgespart? Hätte ein anderer den Platz der Vorsehung eingenommen – *Heil Müller!, Heil Schulze!, Heil Biedermann!* – was dann? Wäre alles ebenso geschehen, wäre es anders gekommen oder überhaupt nicht passiert? Im Einzelnen verdichtet sich nur das Böse, es ist eine kollektive Macht, der jeder verfällt. Alles Leben dieser Welt existiert aus dem einen Grund, als es fremdes Leben dem eigenen opfern muss. Wir sind schuldig, weil wir da sind und sind da, weil wir schuldig sind.

Im Grund seiner Seele war Gorch Fock ein Pädagoge, zu Beginn erschien ihm der Krieg als eine Prüfung durch Gott. Er kannte die Bibel, das Ringen zwischen Gott und auserwähltem Volk. Auch wusste er von den Propheten, die im eigenen Land nichts gelten, weil die Menschen nicht wissen wollen, wer sie sind und was sie tun. Mir dagegen war es unmöglich, Gottes Absichten mit dem Tod zu verbinden, da mir der Krieg als *die* Geißel der Menschheit galt. *Für Gott, Kaiser und Vaterland!* – das waren Phrasen, hohle Masken, hinter denen sich kein menschliches Gesicht verbarg. Der Kriegsgott war zum Kriminellen geworden, als Massenmörder hatte er selber den Tod verdient.

Jan kam erst im zweiten Jahr an die Front, nach Polen und Russland, wo der Krieg noch beweglich war und verlorene Siege gewonnen wurden. Nicht nur militärisch, auch politisch war der Krieg zu Beginn schon gescheitert durch die Verletzung der belgischen Neutralität. Die Einzelheiten haben mich nie interessiert, doch mein Mann, dem ich 1915 begegnet war, sagte bereits damals das Desaster voraus. Schon im zweiten Jahr begann die Begeisterung zu kippen, nicht nur bei den Soldaten, auch zu Hause an der Heimatfront.

Dann aber kam jener verhangene Septembertag, der Himmel und Erde wie hinter Seidenvorhängen dem Sommerlicht entzieht und alle Konturen in fließende Übergänge auflöst. Auch die Sinne, die Wahrnehmungen werden in Melancholie getaucht, als hauchte uns aus der ermatteten Erde der Atem des Todes an: Theo, mein Einziger, mein geliebter Bruder, wurde in den Weiten des Ostens vermisst! Er hatte den Sieg bei Tannenberg überstanden, sogar die Schlacht an den Masurischen Seen. Und er wurde auf einmal vermisst? Was bedeutete das Wort vermisst? Er wurde von mir schon seit Jahr und Tag vermisst, zu jeder Stunde, die der Krieg seine Kinder fraß und nicht genug von ihrem jungen Leben bekam. Vermisst? Als was vermisst? Als Krieger, Kämpfer, als Soldat? Dann vermisste ihn nur der Kaiser oder das Schicksal, vielleicht auch Gott. Aber Gott war der Alliierte aller Krieg führenden Völker, bei den Toten machte er keinerlei Unterschied. Er war der

Verbündete sämtlicher Gefallener, aller Trauernden und Hinterbliebenen in dieser wüsten, verwüsteten Welt. Wurde Theo jedoch wirklich von Gott vermisst und nicht nur von Kaiser und Vaterland, dann bestand vielleicht Hoffnung, und er befand sich in russischer Gefangenschaft?

O diese gelben, verbrannten Spätsommertage, hinter deren Schleiern sich die Wende, das Jahresende verbirgt. Schon schärfen sich die herbstlichen Konturen ein, das Licht ist von gläserner Helligkeit. Am Morgen treiben Blätter wie bunte Kreisel durch die Luft, Tau perlt von den Astern, die blauen Schatten sind vom Frost überreift. Als sein Besuch angekündigt wurde, wusste ich, was das zu bedeuten hatte: August von Savigny war drei Wochen an seiner Seite gewesen, nun bestätigte er, dass Theo gefallen war.

Unverständlich ist mir bis heute geblieben, dass die Gewissheit des Todes steinerne Ruhe hervorrufen kann. Endlich wurde Theo nicht mehr vermisst, von niemandem, nicht einmal von mir. Jetzt endlich war ich mir seiner ganz sicher, erst im Tod gehörte er nicht mehr dem Kaiser, sondern alleine mir. Indem ich den Satz überlese und mich der damaligen Gefühle erinnere, fällt mir auf, wie stark ich in Gorch Focks Bahnen dachte und empfand. Wenn ich nicht längst gewusst hätte, was für ein Mensch Jan Kinau war, hätte ich es in diesem Winter erfahren, in dem der Tod auch von seiner Seite nicht wich. Er rang, er kämpfte um mich, um die lebende Tote, die in der Trauer um den Bruder am Ertrinken war. Er beschwor mich, *nicht wie Lots Weib zur Salzsäule zu werden: Tot ist nur, wer vergessen wird! Theo wird nicht vergessen und so ist er nicht tot. Er gehört auch zu meinen Toten, die nur gestorben, die aber nicht tot sind, sondern in mir weiterleben und (was das Tiefste ist!) weiterwirken. Ja, für die ich weiterlebe, weiterwirke! Denn das ist mir wie eine Offenbarung, dass ich die Gestorbenen, die im Leben mein gewesen sind, ersetzen, dass ich fortan für sie mit leben muss.*

Das waren Sätze, die erst allmählich wirkten, wie leichter Landregen, der nach langer Dürre die Erde zu neuem Leben erweckt. Und doch, die Krise war furchtbar und schleppte sich hin, es dauerte Wochen, bis der gefallene Bruder in mir auferstand. Da drang auch Jans Stimme endlich wieder durch, so dass ich inmitten des vielen Sterbens dem Leben zurückgegeben war. Jetzt erst wurde mir Rosa eine verlässliche Freundin, und ich begriff, warum Jan sie liebte und nicht verlassen würde, nicht im Leben, nicht im Tod.

Es war an einem feuchten Herbsttag, als wir zusammen mit den Kindern nach Finkenwerder fuhren, um dort Jans Eltern zu besuchen – Rosa, der kleine Störtebeker, die lütte Metta und ich. Es muss November gewesen sein, die Elbe lag tot und verlassen da, die Wirtschaftsblockade wirkte sich verheerend aus, nicht nur für Hamburg und Umgebung, sondern für das gesamte Land. Es dämmerte, in weißen Schichten stand der Nebel über dem Wasser, vom Blankeneser Ufer waren nur Schemen zu erkennen, leuchtende Punkte mit verwischter Kontur, als trieben Irrlichter auf Finkenwerder zu. Es war still, die Trauerweiden neigten sich über das Wasser, matt warf die Strömung das verendende Tageslicht zurück. In weichen Wellen fuhr der Wind durchs falbe Gras, ein Flüstern und Wispern lief im Schilf um. Hin und wieder drang ein Seufzen, ein Schluchzen aus dem brackigen Schlick, als trauerte der Fluss mit mir über den unersetzlichen Verlust.

Ich liebte diese sich verhüllend enthüllende Melancholie, sie war mir aus frühester Jugend vertraut. Auch das Gefühl, in der dunstigen Luft wie in feuchte Tücher gehüllt zu sein, kannte ich von Kindheit an. Tiefe Ruhe kehrte in mir ein, Innen- und Außenwelt tarierten sich aus, als kämen tanzende Waagschalen ins Gleichgewicht. Die kondensierende Luft bildete Perlen im Haar und lief in silbernen Fäden die Wangen herab. Endlich löste sich nach den Trauerwochen der krampfartige Schmerz, ohne Rosa anzusehen, spürte ich an ihrem Schweigen, dass auch ihr Gesicht tränennass war. Wie bittend legte sie mir den Arm um die Schultern, und auch ich neigte mich ihr in gleicher Bewegtheit zu. Die Berührung war flüchtig, doch unvergesslich, mit unser beider Haltung war es vorbei.

Das schwang noch nach, als wir die Stube betraten, bei der Begrüßung fiel ich Jans Mutter um den Hals. Sie war auch meine Mutter, die Mutter aller Mütter, sie erschien mir als Urmutter der Menschen schlechthin. Sie führte mich zum Sofa, der Vater legte die Hand auf meinen Arm, niemand sagte ein Wort, selbst die Kinder waren still. Der Tee stand auf dem Stövchen, daneben eine Kerze und ein Teller mit Gebäck, wie Schattenrisse glitten unsere Gestalten über die Wand. Draußen lag der Tag im Sterben, die Nacht drang von den Rändern ein und legte sich als schwarzes Tuch übers Land. Der kleine Störtebeker sah mich mit großen Augen an, es war der leuchtende Blick seines Vaters, der überall im Raum anwesend war. Rosa saß mir schräg gegenüber, sie hatte lächelnd den Kopf geneigt, längst waren die Tränen versiegt. Sie strahlte jetzt höchste Sicherheit aus, als gäbe es nirgendwo in der Welt Krieg. Metta lag mit offenem Mund in ihrem Arm, hin und wieder flüsterte ihr Rosa etwas zu – eine Pietà mit hintergründigem Licht, als hätte sie Rembrandt gemalt.

Versuche ich mich zu erinnern, was an diesem düsteren Novembertag geschah, muss ich das große Wort Neugeburt bemühen. Sie widerfuhr mir so überfallartig, so gänzlich unverhofft, dass ich erst im Laufe des Winters dieses *Siehe, ich mache alles neu* zu verstehen begann. Ich fühlte mich nicht mehr als verlorene Tochter, die noch immer den Verlust des Vaters beklagt und von den Kinaus adoptiert worden war. Vielmehr spürte ich, wie sich die Schauspielerin in mir zurückzog, sich an der Rampe nochmals verneigte und rückwärts durch den Vorhang im Bühnenhintergrund verschwand. Dafür trat nun die Frau in den Vordergrund.

Trotzdem versank ich im zweiten Kriegswinter erneut in der Tristesse, die das gesamte Land gefangen hielt. Es glich einem Friedhof, einem Schlachthof, einem Massengrab, ich schreckte vor den stärksten Vergleichen nicht zurück. Ein bis dahin unbekannter Lebenshunger hatte mich ergriffen, Hunger nach einer Unmittelbarkeit, die weder vom Theater noch von der Öffentlichkeit oder dem Applaus des Publikums abhängig war. Ich sehnte mich nach einem Leben, das sich nicht als Filmrolle abspulte und irgendwann bloß zu Ende war, sondern das neues Leben hervorbrachte, trotz der allmächtigen Todesmaschinerie. Mir war klar, wie widersinnig dieses Lebensgefühl war. Ich hörte auch nicht auf, den gefräßigen Kriegsgott zu hassen, vielmehr führte ich schon wegen Theo einen ganz persönlichen Krieg gegen ihn. Schließlich durchschaute ich den Teufelskreis aus Angst, Hass und Gewalt. Ich spürte, dass ich niemals frei werden würde, wenn mir nicht in mir selber der Sieg über den Krieg gelang.

In jenem Winter lernte ich meinen Mann kennen, damals ahnte ich nicht, dass er mein Lebensgefährte würde, ich hatte keinerlei Vorstellung von einer Zukunft nach dem Krieg. Das Verhältnis zum Theater hatte sich gewandelt, ich sah nun im Spiel das sich erneuernde Leben und nicht mehr im Leben ein sich wiederholendes Spiel. Versuchte ich, nach vorne zu schauen, erblickte ich wie im Spiegel mein ratloses Gesicht. In der Tat, die Zukunft war wie verspiegelt, ich gewann keinen Einblick in mich selbst. Was hätte ich darum gegeben, wenn das Glas durchsichtig gewesen wäre und der Spiegel ein Fenster mit Blick in eine vertraute Welt. Mein Mann verstand mehr als ich von dem, was mich drückte, seine Zuneigung war von engelhafter Geduld. Fünf Jahre stand er mir als Freund zur Seite, erst zwei Jahre nach Kriegsende besiegelten wir den Lebensbund.

Als ich Jan von der neuen Freundschaft berichtete,

war ich von Hintergedanken frei. Von der einstigen Hoffnung, ich könnte ihn für mich gewinnen, hatte ich mich gelöst, nachdem Rosa zur engsten Freundin geworden war. Da Treue ihr entscheidendes Charaktermerkmal war, baute sie auf die entsprechende Treue von Jan. Mit einem im Krieg gefallenen Mann konnte Rosa leben, das wusste ich, bevor es wirklich so kam. Mit einem Treulosen wäre das unmöglich gewesen, anders als ich war sie von strenger Konsequenz. Wie hätte ich diese Menschen enttäuschen, die Ehe, die Familie zerstören können?

Gorch Fock war über den neuen Freund irritiert, doch nur so, als würde ein Theatertermin korrigiert; er schien in keiner Weise eifersüchtig zu sein. Ich hatte versucht, mich zu rechtfertigen und erfuhr, dass das nicht nötig war. Ich hatte argumentiert, dass unsere Freundschaft nicht Literatur sein könne, er hatte Frau und Kinder, zu denen er flüchten konnte, ich dagegen war allein. Hinzu kamen die Eltern, auch seine Brüder, schließlich war er bei der größten Reederei der Welt angestellt. Er hatte Heimat, ein Zuhause, er hatte Sicherheit, die ich nicht besaß; zwischen uns bestand ein in jeder Hinsicht spürbares Ungleichgewicht. Immer wieder hatte ich versucht, das Missverhältnis zu ändern, er wusste, wovon ich sprach, es drang aber nicht in ihn ein. Er konnte sein Leben weder mit mir teilen, noch das meinige für mich leben. Jeder trug die Verantwortung für sich und war in diesem Sinne allein.

Ich spürte, wie das Vakuum in mir einen Druck erzeugte, dessen Wirkung in eben diesem Widerspruch lag: Leere, die bedrückt! Ich war Mitte zwanzig, hatte weder Familie noch einen Mann, alle Träume über das *Jahrhundert der Frau* waren geplatzt. Obwohl ich Fortschritte gemacht hatte in meiner Eigenständigkeit, begann ich immer stärker zu spüren, was es heißt, wenn man nicht Ich zu sich sagen kann. Was zählte, war die Schauspielerin, als Frau war ich ein Nichts. Ich machte mich bloß für den Spiegel schön, ich schmückte mich für die anonyme Stadt, die so sehr mit ihrem Überleben beschäftigt war. Niemand sah mich, niemand erkannte mich, weder *stückweis*, noch *von Angesicht zu Angesicht*. Selbst meine Seele nahm Jan nur als Schriftsteller wahr, weshalb ich ihm die Schuld dafür gab, dass sie nicht genügend Luft unter die Flügel bekam.

Für Gorch Fock war ich ein Briefkasten, eine Adresse für Briefe, die Literae, die geliebte Literatur. Das galt vor allem für das erste Kriegsjahr, das sein letztes Lebensjahr war. Er überlebte die Zeit in der Todesmaschinerie nur als Dichter, als Sänger im Bauch des Leviathan. Er hätte nicht kämpfen, nicht marschieren können, wenn er nicht täglich Tagebuch geführt und diesen Blättersegen seinen Briefen anvertraut hätte. Wie das den Kräften nach möglich war, blieb mir ein Rätsel – Schreiben als Überlebenskampf. Aber es gelang, das Erlebte wurde durchs Mitteilen Erfahrung, zugleich literarisches Material, dichterischer Stoff. Er hoffte auf den Frieden und wollte, wenn die Waffen schwiegen, *das* Buch über den Krieg schreiben, nicht über die bunten Hurra-Schlachten des Kaisers, sondern den Stellungskrieg in Feldgrau mit seinem eisernen Würgegriff.

Ob Heimat, ob Front, alle waren Opfer, keiner wusste, was wirklich geschah. Der Krieg konnte gewonnen, der Frieden verloren werden, es wurde gesiegt, aber nicht nachgedacht. Erst jetzt wieder habe ich mich gefragt, was das für ein Buch geworden wäre. Sicherlich keine *Stahlgewitter* wie bei Ernst Jünger, auch nicht das Gegenstück von Remarque, der selbst zehn Jahre später *Im Westen nichts Neues* sah. Gerade im Westen erblickte Gorch Fock das eigentlich Neue, die Präzision der technischen Vernichtung samt ihrer ungeheuren Effizienz. Ich glaube, Jan suchte den Menschen jenseits der Fronten, jenes mit sich so überforderte Geschöpf, das noch in der Hölle der eigenen Vernichtungsmaschine nicht wusste, wie und was mit ihm geschah.

Inzwischen hat sich, wie alle wissen, die Situation ins Absurde verschärft: *Herr, vergib ihnen, denn sie wissen nicht, was sie tun* – das war vielleicht wahr vor zweitausend Jahren, wir Heutigen wissen genau, was wir tun. Nicht am Wissen fehlt es, es fehlt am Gewissen – Mutter Erde geht zugrunde, sie wird von den eigenen Kindern zu Tode gequält. Wer spricht noch vom Vatermord wie die Vätergeneration? Gott-Vater ist tot, nun ist Mutter Natur an der Reihe, dem männlichen Opfer folgt das weibliche Pendant. Wir hatten gehofft, Adam und Eva zu überwinden, doch dieser Traum ist schon lange ausgeträumt. Von Beginn an traten die Frauen als Möchtegern-Männer auf, inzwischen tragen auch sie Waffen und Uniform. Einst brachten sie das Leben hervor, nun bringen sie es gleich den Männern um. Die „Overkill"-Welt ist keine weibliche Erfindung, sie wird aber durch die Emanzipation sanktioniert. Die dämlichen Damen haben sich zu Männchen gemausert, ihnen genügt es, Teil von Adams Herrlichkeit zu sein. So sind beide Geschlechter zu Selbstmördern geworden, flogen sie einst vereint aus dem Paradies, fliegen sie nun gemeinsam in die Luft.

Es war eine ganz und gar unheimliche Zeit, dieses erste Viertel von Gorch Focks Todesjahr. Jan lebte wie immer auf verschiedenen Ebenen, er dichtete nicht, er notierte, er schrieb. Er nahm das Grauen mit einer Teilnahme wahr, die mir vollkommen rätselhaft blieb. Dann erkannte ich die verwandelnde, erneuernde Kraft, alles erschien wie am ersten oder am Jüngsten Tag. Er war nun an der Westfront, inmitten des *weltgeschichtlichen Lärms* von Verdun. Wie konnte man diese Höllenhölle überleben und durchdenken, ohne dass man dem Wahnsinn verfiel? Leider beantwortete er mir meine Fragen nicht, vielleicht weil er glaubte, dass jede Antwort missverständlich sei. Briefe und Notizen nahmen die Form von Wegbeschreibungen an, ohne dass ein Ziel zu erkennen war.

Ich bin zum Wegweiser geworden in einem Land, das für die meisten ein Niemandsland ist, hieß es.

Und das Schreiben? fragte ich zurück. *Wozu notieren, was unbeschreiblich ist?*

Nicht darin, Neues zu sehen, sondern neu zu sehen, liegt der Sinn meiner Schreibarbeit, kam es zurück.

Aber was sehen, vor allem wie?

Das, was geschieht, war die Antwort, *die namenlose Vernichtung, den anonymen Tod. Wenn Gott nicht mehr hinschaut, müssen es die Menschen tun.*

Da trennten sich unsere Wege schon deshalb, weil sich kein Zivilist die Front vorstellen konnte. Zwölf, vierundzwanzig, sechsunddreißig Stunden Trommelfeuer Tag und Nacht? Das waren Meldungen, Sätze, die man in der Zeitung fand. Die todwunden, verstümmelten Männer, die in die Heimat zurückkehrten, hatten die Sprache verloren und schreckten zusammen, richtete man das Wort an sie. Manche, so hörte ich, schrieen im Schlaf auf, andere liefen aus dem Haus und hoben im Garten Gräben und Gräber aus – als gäbe nur Mutter Erde noch Schutz. Wer dem Feuer entkommen war, dessen Sinne waren verbrannt. Er war taub geworden, blind oder stumm, oft alles drei zusammen; Geist und Seele waren zerstört. Die *Blutmühle von Verdun* war eine neue Dimension, alle produktiven Kräfte der Menschen wurden durch destruktive ersetzt – die Schöpfung war wahnsinnig geworden, der Wahnsinn schöpferisch. Was uns heute bedroht, ist die Apokalypse, das Ende der Spezies durch die Selbstexekution.

Welches Recht hat ein Lebewesen aufs Überleben, wenn es als Teil des Ganzen das Ganze vernichten kann? Ich spreche als alte Frau, die den zweiten Krieg wie durch ein Wunder überstand und nun den dritten nicht mehr ausschließen kann. Damals, im ersten, lebten sich die Menschen immer weiter auseinander, die Haut wurde dünner, oft riss sie sogar ein. Kaum gab es noch Gespräche über Kunst und Literatur, weil jeden die eigene Hölle umgab. Für Gott, Kaiser und Vaterland? Die Plakate mit den Parolen lagen zerstampft am Boden, tausende von Stiefeln waren darüber hinweg marschiert. Damals dämmerte mir, dass der *Siegfrieden*, von dem man sprach, ein Sieg ohne Frieden sein werde, ein hundertjähriger Welt-Bürger-Krieg.

Jans Briefe klangen so persönlich wie früher, über meinen künftigen Mann ließ er sich nicht aus. Für ihn konnte unsere Freundschaft so bleiben wie sie war, ging es doch darum, den anderen zu begleiten, nicht aber um seinen Besitz. Angesichts des Vernichtungskrieges an der Front und dem Überlebenskampf in der Heimat erschienen Liebesleid und Eifersucht ohnehin als müder Flug, wie Hölderlin im Rückblick auf Diotima sagt. Jan verfolgte seine militärischen und zivilen Interessen, legte vor der Schulbehörde als einjährig Freiwilliger die Prüfung ab und erwirkte die Überstellung zur Kriegsmarine, ein Vorgang, der mitten im Krieg einmalig war. Der Name Gorch Fock erleichterte vieles, doch lehnte Jan selber Privilegien strikt ab. Für manchen mochte es scheinen, als ginge er durch Wände, er überlebte ohne Verwundung die Feuerwalzen beim Heer und galt als der gute Geist der Kompanie. Doch bannte er nicht den Tod, er verbannte die Angst, er strahlte eine Sicherheit aus wie nicht von dieser Welt.

Im Gegensatz zu ihm blieb ich davon überzeugt, dass ein Lebewesen, welches um den Tod weiß, dieses Wissen verdrängen muss, da es sonst nicht lebensfähig ist.

Wie alle anderen konnte auch ich mir nur jeden Tag neu erobern, doch mein Spiel auf der Bühne hielt mit der laufenden Wirklichkeit nicht Schritt. Diese lief nicht nur, sie rannte, sie galoppierte, eine entsprechend viel sagende Sprache hatte noch niemand entdeckt. Allerdings änderten sich die Stücke, das Spiel, das Publikum, die Leute wollten lachen und unterhalten werden. Auch das Theater war in den Krieg integriert, so als würden über die Bühne Entlastungsangriffe durchgeführt.

Mit der *Königin von Honolulu* hatte Gorch Fock ebenfalls ein Unterhaltungsstück geschrieben, in dem ich nach einigem Bedenken die Rolle der Königin übernahm. Aber ich war nicht mehr wie früher voll bei der Sache, die Distanz zu den Rollen wuchs. Mitunter spielte ich mehr mit dem Wunsch zu gehen, wenn der Vorhang gefallen war, als in der Handlung des jeweiligen Stücks. Das hatte sein Gutes, die Rollen fraßen mich nicht auf, ich konnte mich mehr um mich selber kümmern, um mein armes, verleugnetes Ich. Welche Rolle spielte ich im Leben außerhalb des Theaters, was machte ich für eine Figur ohne Souffleur? Zum Glück half mir auch hier das Gespräch mit meinem Mann, immer wieder holte er die Wehleidige in die Wirklichkeit zurück. Viele Stunden gingen wir an Alster und Elbe spazieren, das Gefühl, mit der geschundenen Stadt verwurzelt zu sein, verstärkte sich mit jedem Tag mehr.

Irgendwann begann ich neue Sicherheit zu spüren, ein Gefühl, das mit dem Tod des Vaters verloren gegangen war. Wie oft hatte ich später jener frühen Zeit gedacht, da ich mich vom Schrank in seine Arme gestürzt und erfahren hatte, dass mich der Abgrund nicht verschlang. Auch mein Mann stützte mich, er half mir sogar beim Gehen, er wollte mich weder binden, noch hielt er mich willentlich fest. *Jetzt ist aufrechter Gang gefragt,* meinte er, *keine Richtung wie rechts oder links. Wir müssen geradeaus blicken, nicht nach oben, nicht nach unten, weder vor noch zurück. Gilt es doch, nicht allein für den Augenblick zu visieren, vielleicht treffen wir daneben oder schießen über das Ziel hinaus. Dann haben wir immerhin gelebt, das heißt uns bewegt — schon Platon hat das Leben als das definiert, was sich aus sich selber heraus bewegt.*

Von Gorch Fock erhielt ich nach dem Übertritt in die Marine ein Foto, das ich erst jetzt wieder sah, ohne daraus klug zu werden. Es entstand auf der *Wiesbaden,* kurz vor der Skagerrak-Schlacht und ist das letzte Bild, das es von ihm gibt. Er lehnt im Matrosenanzug lässig an der Reling, die Hände sind in den Hosentaschen versenkt, was man selten an ihm sah. Das Gesicht drückt nicht jene ernste Selbstkontrolle aus, die man den Gorch Fock-Ausdruck nennen könnte, vielmehr zeigt es Spuren von Skepsis, als ginge Jan Kinau zu Gorch Fock auf Distanz. Dazu ein Lächeln, das wie in Gedanken vorübergeht und beinahe schon Erinnerung ist, ein Lächeln zwischen Ernst und Heiterkeit, als wollte Jan den Betrachter fragen: Stehe ich wirklich hier? Vielleicht, vielleicht nicht. Was ihr seht, ist das Sichtbare, die Erscheinung eines Scheins. Bin ich ein Überlebender oder schon Überlebter, überleben wir uns nicht alle in jedem Augenblick? Ich weiß, dass ich bin und auch nicht bin, in diesem Wissen bin ich beides, der sich Erinnernde und der Erinnerte, den nur ich sehen kann. Ihr schaut zurück, ich schaue voraus, ich blicke durch das, was mich hält, hindurch. Dreht euch nur um und folgt meinem Blick, auf dass niemand am Ende das Nachsehen hat.

Damals entstand sein letztes Gedicht, dem ich den Titel *Sonnenmittagszeit* gab, ein Wort, mit dem die erste Strophe schließt. Die Verse handeln von der Zeit der kürzesten Schatten, wie Nietzsche im Zarathustra sagt. In der dritten Strophe heißt es: *Aline, sprich ein Segenswort / und tritt aus deinem Traum ...* Aber da war es zu spät, ich hatte mich entschieden und ganz an die Seite meines Mannes gestellt. Ich war überzeugt, mich gefunden zu haben, ich glaubte wirklich an eine Neugeburt. Heute frage ich mich: War ich tatsächlich wach geworden oder hatte ich bloß ausgeträumt? War dieses Wachsein, welches Ich sagt und sich als Bewusstsein reflektiert, nicht ebenfalls ein Traum, ein Wach- oder Alptraum vielleicht? Wir glauben, Wunder was entdeckt zu haben, wenn wir in den Spiegel sehen und uns sagen: Das bin ich. Doch wer bin ich denn, vor allem wie? Bin ich nicht zeitlich, endlich, liegt nicht das sicherste Wissen in dem, dass ich sterben muss und dann – nicht mehr bin? Wir sind und sind nicht, selbst die Kommenden sind die Gewesenen, auch wenn ihre Vergangenheit in der Zukunft liegt. Zieht nicht der Tod das Leben als Schleppe hinter sich her, ist er nicht der Zukunft uneinholbar voraus?

Das letzte Wort des Gedichts lautet Heiligland: *So*

fahren wir, von Träumen schwer, nach unserm Heiligland.
Was Jan damit meinte, hatte er schon zum Tod von
Theo geschrieben, als er von den treuen Toten sprach,
die unwandelbar bei uns blieben. Dieser Glaube gab
ihm jene *tiefste Freudigkeit, die uns aller Tränen und aller Klage entrückt und uns unser Leben leben und lieben
lehrt.* Der wahllos technischen Vernichtung des Menschen stellte er den im Voraus geleisteten Tod entgegen,
durch ihn gewann das Leben wieder Sinn. Es ging ihm
um den Tod, weil es ums Leben ging. Der Tod war kein
bloßer Ablauf, der irgendwann zu Ende war, sondern
ein Durchgang, der vollendet, der das endliche Leben
unendlich, unsterblich macht.

Ich brauchte Jahre, um Gorch Fock zu verstehen,
es war wie beim Wettlauf des Hasen mit dem Igel: Ich
rannte und rannte, hielt ich inne, war er schon da, vor
allem, nachdem er gefallen war. Da war er mir wirklich
unendlich weit voraus, doch komme ich ihm nun von
Tag zu Tag näher, mit jedem Atemzug hole ich auf. *Ich
bin noch der alte Gorch Fock, so weit ich nicht schon der
neue geworden bin,* hieß es im Brief zum Tod meines
Bruders, ein Satz, den ich zu jener Zeit überlas. Vielleicht konnte der neue Gorch Fock deshalb nicht erkannt werden, weil er derjenige war, der im Tod unsterblich wird? Jan ging es im Krieg nicht anders als den
anderen, der Tod marschierte immer mit. Aber er war
nicht sein Feind wie bei den meisten Kameraden, sondern der treueste Begleiter und engste Freund.

Vielleicht war Jan schon immer der neue Gorch Fock
gewesen? Im Rückblick glaube ich, er ging sogar täglich

über sich hinaus: Werde, der du bist, sei, der du wirst. Mir ist später niemand im Leben begegnet, der diese Maxime verkörperte wie er. Als Frühvollendeter gewann er dem Leben mehr Raum, mehr Weite und Tiefe ab als die vielen, die doppelt so alt wurden wie er. Er durchschaute wie kein anderer die Arbeit der Kriegsmaschinerie, doch kehrte er ihren Sinn um und nahm auch sie als Lebensinstrument! Da hörte bei mir das Verständnis auf. Ich dachte in Biografien und wehrte mich gegen diesen Blick, der wie durchs umgekehrte Teleskop die Menschen vom anderen Stern fixiert.

Heute, da das eigene Lebenslicht zu flackern beginnt, sehe ich genauer, dass Gorch Fock das natürliche Ende meinte, nicht den technischen, den kommandierten Tod. Dabei denke ich an ein Bild von van Gogh, das, glaube ich, *Der Schnitter* heißt. Es stellt den Tod als Bauern dar, der mit Elan das Korn mäht und die Ernte einbringt. Da ist der Tod kein Feind des Lebens, das empfinde ich noch heute so wie Gorch Fock; zur Sünde Sold verkehrte ihn erst die Moraltheologie. Auch macht er nicht nur in, sondern von der Welt frei – an der Möglichkeit des Freitods zerbricht alle Macht dieser Welt.

Was gibt es am Ende des Berichts noch zu erwähnen, das nicht zu den reinen Privatissima zählt? Wenn Jan auf Urlaub kam, verbrachte er mit der Familie die kostbare Zeit. Ich spürte, wie er sich zurückzog, was mir nicht nur verständlich, sondern nicht unlieb war. Auch wurde Rosa für ihn immer wichtiger, das sprach für ihn, ebenso für sie. War Jan bei mir, wirkte er eilig, wie auf dem

Durchmarsch in ein fremdes Land. Wir versuchten, uns über die Veränderung klar zu werden, doch war es bald so, als hätten wir uns von einander sowohl auf Sicht- wie auf Hörweite entfernt. Er blieb bei seinem alten, zupackenden Ton, der sich und anderen suggerierte, dass jeder sein Schicksal selber formt. Allerdings schien er nicht mehr so ganz überzeugt davon zu sein wie einst. Waren wir nicht alle genormt und geformt, steckte nicht jeder von uns in einer Uniform? Manchmal fielen wir in die alten Rollen zurück, wir spielten Gestern, doch das Leben spielte nicht mehr mit. Zu stark bestimmte der befohlene Tod die Regeln, hier die Gewinner, die Ver- lierer dort. Wurden nicht alle vom Tod überspielt?

In den vergangenen Wochen habe ich mich gefragt, ob uns nicht damals das Grübeln über den Tod schon stärker getrennt hatte, als wir wussten oder zugeben konnten. Für mich war der Tod weder Freund und Hel- fer, noch ein Bruder oder Kamerad. Ich hatte noch gar nicht wirklich gelebt und wollte, dass durch mich neues Leben entstand. Dagegen war Jan davon überzeugt, dass wir wegen der Toten lebten, da jeder ein *Schuldner der Menschheit* sei. Für eine derartige Verantwortung war ich zu jung, da gewann der Tod über das Leben eine solche Macht, dass er mit Gott identisch zu sein schien. Als ich Jan fragte, ob er denn glaube, dass beide dassel- be seien, erhielt ich als Antwort den sibyllinischen Satz: *Der Tod ist jene Seite, die Gott dem Leben zukehrt.*

Damit konnte ich auch als Schauspielerin nichts an- fangen. Ich sah nicht den Tod, ich sah das Leben, dem ich mich in allen Nuancen des Spiels hingab. Wenn es stimmte, dass seit Menschengedenken Sache der Frau das Leben war, Sache des Mannes Krieg, Kampf und Tod, dann wurde es höchste Zeit, dass sich das änderte, so meine Haltung in jener Zeit. Heute, wo sich auch die Frauen beruflich fürs Töten qualifizieren, denke ich nicht anders, im Gegenteil. Damals wurde der Wunsch nach Leben immer stärker, ich wollte für eine friedvolle Zukunft verantwortlich sein. So wünschte ich mir alles, was Gorch Fock längst besaß, es war wie verwünscht mit meinen Wünschen, ich wünschte ständig hinter ihm her. Die Weltgeschichte, das öffentliche Leben, all das, was man das Jahrhundert nennt, war mir gleichgültig geworden. Musste man nicht ohnehin ohnmächtig zusehen, wie alles unter die Räder geriet?

Wie war ich nach Theos Tod bemüht gewesen, mich von der Vergangenheit zu befreien! Ich wollte nicht mehr Seele, nicht Freundin, Tochter, Schwester sein, ich wollte einfach als Frau wahrgenommen werden, die wie so viele auf der Suche nach sich selber war. Ich bemühte mich, immer neu Ich zu mir zu sagen, wenn ich in den Spiegel des Lebens sah. Ich wollte mich nicht in der nächsten Rolle verstecken, hinter einer fremden Sprache, einem ausgeliehenen Gesicht. Ich, Du, Er, Sie, Es – ohne das Du gab es kein Ich, so wenig es das Er ohne das Sie gab und umgekehrt. Und das Es? Vielleicht haben Sie gespürt, verehrte Frau Döring, wie ich Es schreibend umkreise, als verberge sich dahinter eine Falltür, ein Sturz in die Bodenlosigkeit. Ich, Du, Er, Sie, Es – das Schicksal, das Geschick ist Es, das uns droht und bedroht, das ewig abgründig bleibt, ohne Sinn, ohne Ziel.

Bald, nachdem der Vormarsch im Westen gescheitert und in den Grabenkrieg übergegangen war, wurde öffentlich immer lauter gefragt, was denn die Flotte mache, dieses Spielzeug der Nation, das nicht nur dem Kaiser ausgesprochen teuer war. Als Gorch Fock in der letzten Maiwoche auf Urlaub kam, war er verschlossen und schweigsam wie nie zuvor. Er nickte zu den umlaufenden Gerüchten, ja irgendetwas stünde bevor! Wurde es nicht Zeit, nicht bloß vor der Haustür Störtebeker zu spielen, sondern den Feind dort anzugehen, wo er zu finden war? Jan klagte über die Müdigkeit an der Heimatfront, doch auch er wirkte müde, manchmal sogar wie verbrannt. Er verglich sich mit einem Bogenschützen, der zwar die Sehne spannt, sie aber nicht los lässt, weil er den letzten Pfeil aufgelegt hat: Mehr Ziele als Pfeile – da ist der Bogen überspannt.

Der 1. Juni 1916 war kühl und wolkig, ein unauffälliger Tag, der zu sagen schien: Nehmt es mit mir nicht allzu genau, ich bin nur gekommen um vorüberzugehen, eigentlich bin ich gar nicht da. Und gerade dieser Tag ging ein Leben lang nicht vorüber, sondern kehrte immer wieder und richtete sich bei mir ein, als nähme er Wohnung in mir. Viele Jahre habe ich mich gegen seine Beharrlichkeit gewehrt, bis ich begriff: Er sucht einen Ort, an dem er zur Ruhe kommen kann. So ließ ich ihn ein und machte mit ihm Frieden, die Wunde schloss sich, brach wieder auf und vernarbte; sie wurde ein schmerzender Teil von mir.

Schon am Vormittag liefen beunruhigende Nachrichten um, als flögen schwarze Vögel am Himmel auf. Es sei am Vortage im Skagerrak zur größten Seeschlacht aller Zeiten gekommen, selbstverständlich ein heroischer deutscher Sieg! Es, es, es – immer dieses Es! Seit geraumer Zeit schon wurden die größten Schlachten aller Zeiten geschlagen, doch die am Skagerrak war zugleich die sinnloseste, die es gab! Es wurden – o dieses Es – es wurden Bruttoregistertonnen versenkt und, ja auch Menschen, Menschen wurden ebenfalls versenkt. Und was für Menschen, was für ein Mensch! In den folgenden Tagen tauchten Einzelheiten auf, als würden Trümmer an Land gespült. Die *Wiesbaden* erhielt bald nach Beginn der Schlacht einen Treffer, der die Aufbauten des Vorderschiffs zerstörte und den Fockmast zusammenbrechen ließ. Dort hatte, wie die letzten Aufzeichnungen zeigen, Gorch Fock seinen Gefechtsstand gehabt.

Gegen 19.15 Uhr war er in die See geschleudert worden, die gesamte Besatzung kam bis auf einen der Heizer um. Obwohl es nicht den geringsten Sinn hatte, wehrte sich die *Wiesbaden* noch Stunden gegen den Untergang – später wurden dann Lorbeerkränze gewunden, der Mythos vom Kriegshelden entstand. Gorch Fock wurde zum zweiten Mal geboren, als der Mensch Johannes Kinau starb. Jan wäre wohl gern auf See geblieben, aber das Meer gab ihn vier Wochen später wieder frei. Er wurde auf einer schwedischen Schäreninsel begraben, heute erinnert eine Gedenktafel an ihn. Ich selbst habe nie an Gräber geglaubt, ist nicht in Wahrheit jedes Grab – leer?

Die Zeit danach glich einem schwarzen Loch. Wie auf den Bildern von Breughel sah ich nachts im Traum Fratzen, denen ich hilflos ausgeliefert war. Alle Schrecken von Mord und Totschlag stiegen wie Blasen in mir auf, besetzten die Traumsphäre und zerfraßen die Gedanken des Tages, als würde das Bewusstsein durch Salzsäure zersetzt. Wie der Großvater und der Onkel, wie Klaus Mewes in *Seefahrt ist not,* war auch Gorch Fock im Skagerrak geblieben. Aber dieser Untergang war nicht natürlich, er war befohlen worden, eine Exekution. Wenn ich schrieb, dass sein Tod ein Unglück für mich war, so deshalb, weil ich kein anderes Wort für das Ereignis weiß. Jan hatte über Jahre den Kurs meines Lebensschiffs bestimmt, nun fehlten Steuermann und Kompass, ein Vakuum entstand, das niemand zu füllen vermochte, auch nicht mein Mann. Insofern war sein Tod ein wirkliches Unglück, zugleich aber auch ein Glück, so dass mir eine Last von der Seele fiel. Es reichte nicht aus, nur Ich zu sagen, gefordert war mehr, nämlich: Ich will!

Aus dem Rückblick gesehen fiel Gorch Fock zur richtigen Zeit, was dann kam, hatte mit seiner Welt nichts zu tun. Hätte er noch den zweiten Krieg erlebt, wäre er bei den Männern um Stauffenberg gewesen – hätte, wäre, würde wohl! Wie oft drängten sich später die Konjunktive in mein Leben, bis ich das Durchkonjugieren von Möglichkeiten hinter mir ließ und mich der übermächtigen Wirklichkeit ergab. Und doch hütete ich die Vergangenheit, so dass sie voller Leben, ganz gegenwärtig blieb. Ich hörte Jans Stimme, ich sah ihn an meiner Seite, mitunter kam er wie aus der Zukunft auf mich zu. *Wir Toten sind nicht tot*, sagte er, *unsichtbar bin ich nur, unhörbar ist mein Tritt.*

Die Schäreninsel konnte ich mir nur schwer vorstellen, ich dachte an ein offenes Felsengrab, dessen Stein fortgewälzt worden war. Hatte Gorch Fock nicht recht? Der treuen Toten waren wir gewiss, sie konnten nicht mehr sterben, sie hatten das Vergehen des Vergänglichen hinter sich. Begleiteten sie uns wirklich auf unserer Lebensfahrt? Eines Tages sah ich Jan leibhaftig neben mir und fragte ihn: Hast du ihn gefunden? Ja, nickte er: *Der Gott in die Welt gebracht hat: den Tod.*

Das war ein Jahr nach der Skagerrak-Schlacht, ich hielt den Satz im Tagebuch fest: Gang an der Alster mit Wachtraum, Hummelsbüttel, 14. August 1917. Ich hatte den Satz zuvor weder gehört noch gelesen, zwanzig Jahre später fand ich ihn im letzten Band seiner Werke auf Seite 213, unten rechts. Das war wie ein Schlag vor den Kopf. Wer sind wir, die wir wie Schatten vorüber gehen – nichts als ein Zitat im Buch der Natur?

Doch genug, viel gibt es ohnehin nicht mehr zu sagen. Rosa Kinau entzog sich mir mitsamt den Kindern, auch Jans Eltern habe ich nicht wieder gesehen. Der Ausbruch des Krieges hatte die Menschen zusammengeführt, je länger er dauerte, umso mehr trieb er sie voneinander fort. Manchmal kam es mir vor, als mieden sich alle, die Erinnerung an den Kriegsbeginn hatte das schlechte Gewissen geweckt, die Scham vor der einstigen Begeisterung; alle suchten mit ihrem Schicksal allein zu sein. Was Jans Familie betraf, so besaß jeder nun seinen eigenen Gorch Fock, das galt natürlich auch für mich. Rosa lebte mit ihrem Mann, als gehörte er ihr allein und sei nur vorübergehend verreist. Sie schien ständig im Aufbruch, auf Abruf zu leben, so als reiste sie ihm morgen mit den Kindern hinterher. Zwar nahm ich an zahlreichen Gedenkveranstaltungen teil und gab aus Jans Nachlass einige Bücher heraus, doch geriet ich bald mit den Brüdern in Streit, die nach dem Krieg ebenfalls zu schreiben begannen. Der Name Kinau war en vogue, ein Markenzeichen, die Helden hatten Konjunktur.

Auch für mich lebte Gorch Fock nach seinem Tod neu auf, doch der öffentliche Held hatte mit meiner Erinnerung nichts zu tun. Da wurden vom Zeitgeist Schablonen produziert, ohne dass die Rechte wusste, was die Linke tat und umgekehrt. Nach der Selbstermächtigung des braunen Diktators wurde das Lügen zur zweiten Natur und Gorch Fock Teil jener Propaganda-Aktion, der Goebbels den Namen *Heldenklau* gab; das hinkte nicht nur auf einem Fuß. Im Kaiserreich wurde Jan das Leben gestohlen, im Hitlerreich auch die Seele geraubt.

Was ist noch erwähnenswert, gleichviel wie die Historikerin denkt? Vielleicht die Frage, was Gorch Fock unter dem *Heiligland* verstand. Es wurde mit den Jahren auch für mich ein Heiligland, das Land der Toten, die sowohl die Gewesenen wie die Kommenden, die auf uns Zukommenden sind. Mit jedem Atemzug gehen wir ihnen entgegen, irgendwann reichen wir einander die Hand. Schon im Winter 1912, kurz nachdem wir uns kennen gelernt hatten, grübelte ich über den Sinn der Begegnung nach. Das geschah im Rahmen der damaligen Bildung, die ohne Schwabs *Sagen des klassischen Altertums* nicht zu denken war. Früh schon hatte ich mich mit den Heldinnen Hera oder Nausikaa identifiziert, mit Iphigenie und Elektra, besonders aber mit Ariadne, die die Tochter des kretischen Königs Minos war. Ich spann den roten Faden weiter, den sie dem Athener Theseus in die Hand gegeben hatte, damit er die Welt vom Minothaurus befreite. Eine Weile sah ich mich selber als Ariadne und dachte mir zum Labyrinth immer Neues aus dem Mythos aus. Darin war ich keine Ausnahme, im Gegenteil ein Kind meiner Zeit; ich repräsentierte ihren Geist nur auf besondere Art. Das galt auch für mein Bild der Maria, das stark vom Jugendstil geprägt worden war. In Wahrheit beschäftigte mich nicht die Mutter Gottes, sondern die Urmutter der Menschen, das neue Eva-Bild. Ich geheimniste viel vom neuen Adam in Jan hinein, während ihm die Eva in mir gleichgültig und unbekannt blieb.

Ich musste mich daher mit Ariadne begnügen, die durch Nietzsche zur Symbolfigur geworden war. Populär wurde sie durch die Oper von Richard Strauss, zu der Hugo von Hofmannsthal das Libretto schrieb. So wurde Ariadne auf Naxos mein Schlüsselerlebnis, und Gorch Fock nahm die Züge von Theseus an. Ich sah in mir die verlassene Frau, deren Seele einem Nachtspiegel glich, dunkel, verworren wie das Labyrinth. In meinen Briefen gab ich Theseus den roten Faden in die Hand, mit dessen Hilfe er eindringen und Ordnung schaffen sollte in meiner chaotischen Welt. Dass Ariadne von

Kind auf Dionysos versprochen war, umgab sie in meinen Augen mit besonderem Glanz. Überhaupt kam es mir als Schauspielerin nicht abwegig vor, mit dem Gott des Lebens, der Kunst und der Feste verlobt zu sein. Geflissentlich übersah ich, dass Dionysos nicht nur mit der Leier, sondern ebenso mit Pfeil und Bogen erscheinen kann. Und das bedeutet dann Krieg.

Als Minothaurus galt mir im Labyrinth meines Lebens das Unvermögen, mich selber so anzunehmen, wie ich von Natur aus geschaffen war; ich ertrug mich nur schwer im zerschlissenen Kleid dieser Welt. Als Jan nicht zurückkehrte, sagte ich mir, dass alles so kommen musste und von Beginn an vorher bestimmt war. Diesen Fatalismus pflegte ich etliche Jahre, er gehörte zur Schonzeit, die ich mir verordnet hatte. Auch später noch, wenn ich Monteverdis *Lamento d'Arianna* hörte, suchten mich die düsteren Ariadne-Träume heim. Jan glich dem Theseus, der die Geliebte verlässt, Gorch Fock dem Dionysos, der sich der Verlassenen erbarmt. Nach dem Mythos vermählt sich der Gott mit Ariadne und versetzt sie unter die Sterne. Was sie auf ewig miteinander verbindet, ist die Unsterblichkeit.

Das wäre kaum erwähnenswert, wenn nicht in jener Schmerzenszeit wieder der Wunsch nach dem Freitod aufgetaucht wäre. Schon nach dem Tod der Eltern und des Bruders hatte er sich mir als Begleiter zugesellt. Dadurch wurde der Mythos von Theseus und Ariadne durch den des Orpheus und der Eurydike ersetzt, dem berühmtesten Liebespaar der Welt. Er half mir nicht nur, Gorch Focks Tod zu verstehen, sondern kehrte sich um und warf auf mein Schicksal ein neues Licht. Danach geht nicht Eurydike, sondern Orpheus aus dem Leben und erkundet die Unterwelt, indem er Leben und Tod als Einheit erfährt. *Stiller Freund der vielen Fernen …,* – wer denkt da nicht an die Orpheus-Sonette, mit denen Rilke dem Sehnen seiner Zeit gültigen Ausdruck verlieh? Auch Gorch Fock ging es um die Versöhnung von Tod und Leben, um die Heilung der großen Wunde der Welt. *Mitten wir im Leben sind von dem Tod umfangen* … – Jan, der dieses Lied besonders schätzte, sah das Verhältnis umgekehrt: Das Leben war das Schiff, das Meer, das es trug, der Tod. Nur so konnte er sagen, dass Gott durch den Tod ins Leben gekommen sei – eine Erfahrung, die ihn schwindelfrei machte gegenüber den Abgründen der Welt.

Jan hasste das Töten und liebte die Toten, er liebte sie um der Lebenden willen und sah sich selbst als *Propheten der Furchtlosigkeit.* Alles führte er auf die Todesfurcht zurück, die ihm der Urgrund der Lebensangst war. Nie war die Angst größer als in unserer Zeit, davon zeugt der absurde Wille zur Macht, der die Welt in den Abgrund reißt. Das, was später *Sein zum Tod* genannt wurde, hatte Gorch Fock lange zuvor durchdacht, vor allem bis zuletzt durchlebt. Heute vor 52 Jahren traf er ihn, den eigenen Tod – noch immer stelle ich mir Jan als Orpheus vor, als den Dichter, der den Herrn der Schatten als Bruder Thánatos grüßt. Das macht es mir leichter, ihm nachzufolgen, stehe doch auch ich nun vor diesem endgültigen Rendezvous. Was werde ich sagen, wenn wir uns wieder sehen, was fragen von Angesicht zu Angesicht? Vielleicht: Erinnerst Du Dich, Jan, an Deine ersten Worte, erinnerst Du Dich, Thánatos: Da steht ein Mensch?

Werden Sie glauben, dass mir das ein gewaltiger Trost war, als ich im Winter erkrankte und um jeden Atemzug rang? Wie durch ein Wunder wurde ich wieder gesund und erhielt eine Frist, die ich unbedingt nutzen muss. Dazu gehört die Herausgabe von Gorch Focks Briefen, aber auch dieser Bericht, der drei Adressaten hat: Jan, Sie und mich. In dem, was wir Tod nennen, kommt nicht, wie ich glaubte, ein Abgrund auf uns zu, das sind bloße Bilder unserer Vorstellungswelt. Für mich hat der Tod das Gesicht von Jan angenommen, ein Gesicht, das zugleich die Züge meines Vaters trägt. Das galt schon für die Todesangst in den Bombennächten, als Hamburg in Schutt und Asche fiel – jeder Zug in dem Gesicht ist mir, Gott sei es gedankt, vertraut. Ich glaube, es wird mir auch dann nicht fehlen, wenn sich das Licht in meinen Augen zum letzten Mal bricht.

Manche werden posthum geboren, andere sterben ihr Leben lang. Ich gehörte nicht zum Überfluss meiner Zeit, durch mich erschien kein neues Licht in der Welt. Im Grunde war ich ein unglücklicher Mensch, vielleicht deshalb, weil ich glaubte, dass sich das Leben im Tod verneint.

So begann mein Bericht und so endet er auch, es ist, als höben sich Anfang und Ende auf. Ist der so mühsam gesuchte Sinn unserer Tage nicht eine rückwärts gespiegelte Vorspiegelung? Wie litt ich darunter, dass ich nicht Ich sagen konnte und es erst über das Du erlernte, Jan, durch Dich! Deshalb spiegele ich mich am Ende meiner Tage in unseren gemeinsamen Anfang zurück, Dich in mich, Thánatos – Jan, mich in Dich.

Manche werden posthum geboren, andere sterben ihr Leben lang. Du gehörtest zum Überfluss Deiner Zeit, durch Dich erschien ein neues Licht in der Welt. Im Grunde warst Du ein glücklicher Mensch, vielleicht deshalb, weil Du glaubtest, dass sich das Leben im Tod – bejaht?

Von Friedrich Kabermann
außerdem bei Books on Demand erschienen:

Lichte Schatten
Essays / 2014
ISBN 978 3 7386029755

Abend in Violett
Roman / 2015
ISBN 978 3 738647952

Im toten Winkel
Roman / 2021
ISBN 978 3 753403106

Engelsspur
Roman / 2021
ISBN 978 3 752686371

Nicht Werther und nicht Lotte
Schumann - Brahms
Erdachtes und Gedachtes / 2021
ISBN 978 3 753457376